好自为之

程一

著

作家出版社

图书在版编目（CIP）数据

好自为之 / 程一著. -- 北京：作家出版社，2021.4

ISBN 978-7-5212-1360-7

Ⅰ. ①好… Ⅱ. ①程… Ⅲ. ①长篇小说 – 中国 – 当代

Ⅳ. ①I247.5

中国版本图书馆CIP数据核字（2021）第035506号

好自为之

作　　者：程　一
责任编辑：杨兵兵
装帧设计：**奇文雲海 Chival IDEA**
出版发行：作家出版社有限公司
社　　址：北京农展馆南里10号　　　邮　　编：100125
电话传真：86-10-65067186（发行中心及邮购部）
　　　　　86-10-65004079（总编室）
E-mail:zuojia@zuojia.net.cn
http://www.zuojiachubanshe.com
印　　刷：唐山嘉德印刷有限公司
成品尺寸：145×210
字　　数：150千
印　　张：9
版　　次：2021年4月第1版
印　　次：2021年4月第1次印刷
ISBN　978-7-5212-1360-7
定　　价：48.00元

听过、看过、经历过很多故事，除了在电台里，通过声音和大家分享交流，一直想有一种新的尝试和突破。

于是，有了我的这第一本长篇小说。

故事里有"程一"，或许也有你。

这一次，希望通过文字，让我们在故事里相遇。

目录

contents

漾 club

好自为之

不应该日

对老杨来说，爱情是最次要的。

他时常这么说。可每每讲到爱情，老杨的两眼就会放光，好像瞳孔里装着灯泡，而"爱情"二字就是声控开关，一点就着。大家都承认老杨在学术方面很专业，理论知识丰富，能把"爱情"拆解得细致入微，连婚姻介绍所里的老红娘听了也要拍手称道。

但老杨的爱只停留在说说而已，属于嘴强王者型选手，开口老司机，执行火总熄。每每有人提及这档子事，老杨就习惯性地摆摆手，"嘁，爱情这玩意儿，说说就行了，谁还真碰它啊！"

岱丰刚认识老杨的时候，老杨就把每个月的三号定为"不应该日"。不应该日，老杨吃饭不应该付钱，喝酒不应该喝醉，除了应该跟岱丰一起玩耍，其他的都不应该。虽然在岱丰看来，所谓不应该日，就是老杨用来白嫖自己的一个理由，但是他丝毫没辙。

又一个不应该日，岱丰和老杨相约在老地方，顺便听杨讲师讲述近期对爱情的真知灼见。

酒过三巡，老杨放下筷子，左手撑在略有龟裂的木质桌面上，右手夹根烟，烟灰弹落的时候总是会落一些在啤酒杯里。但这会儿老杨看不到，他的眼睛被征用了，目光在走道间来来回回的婀娜多姿的姑娘身上游走。

"你丫听明白了吗？敢情我跟你说这么多，你干吗呢，杵在这儿跟石猴子似的。"等走道上没姑娘了，老杨收回目光。看岱丰没有任何回馈地呆坐在那里，老杨心生不满，觉得这堂极其珍贵的人生爱情讲座又被他白白浪费掉了。

岱丰刚要反驳，却见老杨冲自己挤眉弄眼，手指不停指向岱丰身后的某个方向。

"老杨，喝这点酒就整中风了，怎么还抽抽上了？"

"你这人怎么这么不上道，快看你身后。"老杨的声音虽压得低，但蕴含的情绪很高。

岱丰撇了撇嘴，把脖子扭过去，将视线对焦在老杨所指的三点钟方向。

如果不是周围没有场记和大聚光灯摆成一排，他铁定认为这是哪个女明星跟着剧组来取景拍电影了。粗估一米七左右的身高，脚踩缀着珍珠的凉鞋，光滑匀称的小腿在裙摆下显露得刚刚好。他还想再仔细打量一番，却被老杨充满力量的手指揪回了神。

"哎，这绝对仙女下凡吧！你看这身材、这气质、这长相。"老杨端着酒杯边"咕嘟咕嘟"往嘴里咽，边腾出口舌来表达内心汹涌的仰慕之情。

岱丰眼看着还未被泡化的烟灰被他吸入口中，却也来不及阻止，这是不应该日，他不应该喝醉。可是这会儿的老杨，你就是拿杯马尿给他，他喝着也是香的。

"我觉得我应该去要个手机号，这么优秀的姑娘，让她错过我就太可惜了。世界这么大，还能再去哪找到一个如我般对爱情温润如玉的男人呢。"老杨放下酒杯，手顺势从兜里掏出盒烟，夹出一根来叼在嘴角，严肃的神情在告知岱丰，他说这话的心态是认真的，没开玩笑。

而岱丰也习惯了，老杨就是这么一个人，认真的样子比卓别林都好笑，所以他想了想，还是没有提起今天是不应该日。

"老杨，现在工商局查得严，假一罚十啊。今儿个晚饭钱算是有着落了。"岱丰伸出手攥住酒瓶，左右来回转动着。

"什么就查得严了，罚谁的十？你说话我是越来越听不懂了。"老杨嘴里往外喷着烟，目光时不时锁定那位美女，生怕一不留神就让人跑了。

"这要不是假酒，你能喝一瓶就说胡话？老杨，要我说你就别了，弟弟我一直很尊重你，爱情领域的理论专家，没的说。但你这一套拿不出手啊，就现在这姑娘在那儿站着，你说身上得粘了多少双眼睛？反正我觉得，除了在场的女性和不好这一口的男性，都在打她的小算盘。"

"你也在打？"老杨一脸狐疑地看着岱丰，"怎么，兄弟的女人你也要抢！"

"我不抢，你去吧。去吧，老杨。拿出你平时侃侃而谈的姿态，拿出你平时蔑视一切的雄风，大胆地走到她身边，无比庄重地喊她一声：孩儿他妈。"

"去你的，我还真告诉你，少瞧不起我。今儿老杨就给你现场示范，让你看看什么叫完美落地。"

"可拉倒吧，你折戟的次数比人姑娘的头发丝儿都多，我都懒得骂你。行了行了，坐下歇着，知道你有这个气势就行了。趁人没走多看几眼，晚上回去睡觉也睡得踏实。"

老杨把已快吸到烟嘴的香烟从嘴角奋力拔出来，在桌面上用力捻了好儿下。

"兄弟，我去了，祝我好运。"

说罢，起身长嘘一口气，抚平衣角，快步向着姑娘的方位走去。

岱丰望着老杨的背影，一个一米八出头的大汉，此刻走起路来是虎虎生风。希望他返回的路途，也会威风依旧。

"你的朋友都去搭讪了，你怎么不去?"一个甜美的女声在岱丰耳畔响起。

岱丰扭过头来，只见一个戴着眼镜的短发女孩半靠着椅沿儿，嘴里嚼着口香糖，颇玩味地看着他。

"他这不叫搭讪，明摆着白搭，信我没错。"岱丰心里其实有些慌乱，老实说，长这么大，头一遭有姑娘主动跟他说话。

"你这么笃定他没戏，是不是对自己很自信，觉得那妞儿铁定是你的。"女孩嘴里嚼着口香糖，说出的话好像也有点嚼头。

"那不至于，不至于。"

"我能坐下吗?"她冲着仍残存老杨余温的座位扬了扬下巴。

"能，能，当然能，丫的反正跑路了，你坐这儿正合适。"岱丰的右手有点哆嗦地拿起茶壶，去往她眼前水杯的路很近，他却是走得跌跌撞撞。

"你这手是不好使还是怎么着?"女孩从桌上拿起一张餐巾纸，把口香糖吐在纸巾上包好。

"不是，可能它有点紧张，理解一下。"岱丰明显感觉到脸颊温度有飙升的迹象，此刻转移视线是重中之重。

"你觉得我朋友能成吗？"岱丰在完成倒一杯水洒了一杯半的伟大工程后，立马岔开话题，将火力集中在老杨身上。

"能吧，应该能，我觉得问题不大。"

"我看你是对我朋友很有信心。"

"对你朋友有没有信心这事儿不好说，我现在对你倒是挺失望的。朋友，这桌上还摆着几瓶酒，张罗着给我倒水是什么意思？是舍不得把酒给外人喝，还是瞧不起人，觉得我一杯倒?!"

她端起水杯，目光转向酒瓶，然后又紧盯着岱丰。

岱丰平时跟老杨贫嘴，从二环贫到五环不带歇气重样的，但面对男性同胞嘀咕惯了，猛地来了一个咄咄逼人的姑娘，着实招架不住。

"行，您别生气，我的错，我来承担。这杯水我干了，我再给您满上一杯酒。"

岱丰又伸出那只紧张过度的右手，接过水杯哆嗦着端到嘴边，一饮而尽。撂下杯子，刚准备拿起酒瓶给满上，他突然顿了一下，说："您不会嫌弃我吧，要不再换个杯子？"

"没事儿，不干不净，喝了没病。"她靠在椅子上，笑眯眯地看着岱丰。

岱丰苦笑着闭上嘴，咬紧了牙关，今天算是碰上硬茬了。

"瞧，你那朋友不是聊得挺开心的。"姑娘用嘴唇吮吸掉最上层的白沫儿，给岱丰使了个眼色。

"按理说不应该啊，不过今天就是'不应该日'，不应该的事都出来了，也就不稀奇了。"

"还有什么不应该？"她跷起二郎腿，眼睛直盯着他。

"我遇见你就不应该。孙猴子被压在五指山下有多少年，我就有多少年没跟女孩说过话了，更别说是女孩主动找我。"

"你别太放心上，也就凑巧了，甭加太多戏。那什么，我叫刘梵，朋友都喊我小梵，你也这么叫就行。"

"好，小梵，你叫我小岱就行。"

"什么小岱，你全名叫什么？"

"叫高利贷。"

"你这人可太不真诚了。"

岱丰看小梵坐着光喝酒不太合适，立马招呼服务员再拿双筷子，又觉得让人吃剩菜也不太好，索性再加俩小炒。

"你怎么自个儿来这儿吃饭，哎，你是不是饭店的托儿啊，专盯着落单男性，来刺激消费。"等小梵的筷子送来了，岱丰才好意思夹菜，这挺长一段时间没往胃里填东西，他还真有点饿了。

"你说话前先动动脑子成么，我，饭店的托儿，刺激消费？行，就算你说得都对，我在你这能刺激到什么，点个干煸土豆条和辣子鸡，可是给饭店招财了，忙活一顿还不到80块钱。"

"那我再加个硬菜，你看你这说的，拐着弯儿地扇人脸。"岱丰抬起手招呼着，喊了声服务员。

"别别别，我跟你开玩笑的，别点了，菜够吃。"小梵有点急了，生怕岱丰较真。

"那什么，再给我上一盘油炸花生米，记得给后厨说声，炸硬点。"服务员一脸蒙地看着岱丰，然后一脸蒙地走了。

"怎么样，这个菜够硬吧？"岱丰端起酒杯，举向她的方向。

"够硬，太硬了。"小梵笑着和岱丰碰了下酒杯，仰着脖子一饮而尽。

酒过三巡，俩人更加熟络起来，小梵的坐姿也更为奔放。她大叉着腿，瘫坐在椅子上，冲岱丰连挥着手说："不行了不行了，再喝肚子就炸了。"

岱丰一边往她杯子里倒酒，一边安抚着她说："不喝了不喝了，最后一杯。"

"你还说我是饭托，我看你更像是酒托，有你这么不要脸的吗？一亭亭玉立的大姑娘都喝成这样了，你还给人往杯子里倒，丧良心啊！"小梵哭丧着脸，望着杯子里的酒，好像那是自己刚流下的泪。

"您不是还说我舍不得给您喝吗？为了洗刷我在您心中的吝啬形象，今晚就得放开了喝。"

"你……"小梵刚说了一个字就停住了，眼睛往右前方挑了挑，示意岱丰跟上。

岱丰一抬头，不是别人，原来老杨来了。

老杨红着脸，额头上爬满了大大小小的汗珠，像个蜂窝似的。左手端着酒杯，右手，等等，老杨的右手呢？

岱丰的目光再顺着他胳膊的生长轨迹追寻过去，发现右手盘在一个纤细的腰上，这个腰，还不安分地扭动着。

"小，小岱，这，这是你嫂子，认识下。晓玥，破晓的晓，玥是王字旁加个明月的月。给，给你说这么多干啥，你只管叫嫂子就行了。"老杨说话有点磕巴，眼神也是愈加迷离。

"老杨，你这整不少啊，今天可是不应该日啊。"看老杨说话那个摇晃的劲头，生怕他一个站不稳就扑自己桌上了。

"你，你懂什么，今儿高兴！你知道吗，酒逢知己千杯少，我觉得，觉得自己喝得还不够多，我向晓玥致歉，回去就写检讨。"老杨嘴里出声，手里出活，那不安分的右手开始在晓玥的腰间游走。

"行了你，讨厌。"那个叫晓玥的女人嗔怪地拍了老杨一下，腰却扭得更厉害了。

"这位是?"老杨眯着眼，才看到岱丰对面坐了一姑娘。

"喔，这位是小梵，刚认识——朋友。"岱丰赶忙介绍。

"好好好，挺好。"老杨嘿嘿地笑着，"今天好日子啊，咱哥俩都遇见爱情了，饭馆里，啊，多有烟火气，这说明我们的爱接地气，这接地气才能长……"晓玥掐了老杨一下，给他的长篇大论按下了停止键。

"你待会儿怎么回去啊，喝成这鸟样。"岱丰看着老杨语无伦次、左摇右晃的样子，多少有点担心。

"找，找代驾，不用怕。你们先喝着，我和晓玥先，先回家了。"老杨把酒杯直接撂岱丰桌上，拍了拍他的肩膀，然后又抬手向小梵告了别。晓玥在一旁微欠着身子向他们点了点头，也算是说了声再见。

岱丰望着踉踉跄跄走向收银台的老杨，和先前的虎虎生风比起来大相径庭，虽然威风不再，但身边有曼妙女子作衬，老杨俨然成了全场的焦点。

夜色太美，就让他去吧。岱丰有些感慨，望着老杨的背影失了神。

"你要是觉得不甘心，我去帮你抢回来。"小梵用筷子拨拉着盘里的辣子鸡，企图在一片翠绿中找到一块鸡。

"没影的事，我不喜欢那样的款。"岱丰回过神来，矢口否认。

"拉倒吧，你们男人不都喜欢那样的嘛，妖媚性感再带点风骚，就算平时不喜欢，床上是肯定喜欢。"

小梵撂下筷子放弃了，在那盘绿林里，她实在翻不着一丝跟鸡有关的东西。

"怎么突然就大尺度了，这车开得猝不及防。"岱丰没想到小梵说话还这么生猛，一时有些没缓过来。

"实话实说啊，我这人说话直，你要觉得我说得不对可以反驳我。"

“对对对，很对，直中要害。”岱丰端起酒杯，想再和她碰一个，但悬半空中的酒杯始终只有他这一个。

“你这还有情绪了啊。”岱丰小心翼翼地放下酒杯，感觉到气氛有些不对。

“没啊，我能有什么情绪，就是喝饱吃饱了。”小梵拿起张餐巾纸，擦了擦嘴唇和嘴角。

“还有吗？”她噘着嘴让岱丰看看。

“没了，很干净，就像用了洁厕灵一样。”岱丰一脸贼笑地看着她。

“你这人真没劲，吃饱了吗？吃饱了就走，没吃饱你就接着吃，我先走。”小梵从化妆包里拿出口红，打开粉饼的镜子，照着镜子补妆。

“行，走吧，时候也不早了。”岱丰假装看时间来掩饰尴尬。

“今儿这顿算我的。”小梵收拾好挎包，起身准备走。

“别了吧，哪能让你来，肯定我请啊。”岱丰也赶忙站起来。

“都说了我来，我可不想让人觉得我是来蹭饭的。”小梵冲岱丰挤了挤笑容，把手机界面调成付款码，迈着步子向收银台走去。

　　岱丰望着她的背影有些愣神，然后赶紧拍了拍脑袋，警告自己少犯浑，快步追了上去。

　　"要不还是……我来吧。"岱丰硬挤到小梵身边，低声说道。

　　"你怎么这么磨叽呢，婆婆妈妈的。都说了我请。"小梵白了岱丰一眼，说话也是没好气。

　　岱丰在一旁抓挠着太阳穴附近的头发，总觉得不好意思，还有一些尴尬。

　　"你怎么回去？"出了饭店门，岱丰紧跟在她后面，像个喽啰。

　　"打车啊，我滴滴了。"小梵攥着手机，向路的远方张望着。

　　"这么晚了打车也不安全，要不我叫个代驾送你吧。"

　　"不用了，说得好像你比滴滴安全似的。"

　　"那当然啊，我又不干什么违法乱纪的事，我是正经人。"

　　"你想干倒是得有机会啊。"

　　天色已晚，风也渐渐起了势，吹拂起小梵的头发。岱丰在一边只能看到小梵的侧脸，在月光的映衬下，格外地好看。

　　"你微信号多少，我加一下吧。"岱丰摸出手机，想起这件重要的事还没干。

　　"干什么？我妈不让我随便加陌生人。"小梵的手机还被紧

好自为之

攥着。

"赶紧的吧，我白蹭一顿饭不合适，下次我请你。"

"行，哪天我想吃点好的了，就给你打个招呼，发微笑的表情。"小梵点亮手机屏，把微信二维码调出来后，将手机推到岱丰面前。

岱丰刚扫上发过去好友验证，她叫的车来了。小梵拉开车门，就要侧身坐进去的时候，她停了下来，扭过头来给岱丰说了声再见。

岱丰也笑着朝她挥挥手。看着车尾灯渐行渐远，心里的火焰也渐渐平息下来，冷静下来的岱丰想起来有个重要的事还没办，于是赶紧给老杨打个电话，问问他怎么样了。

岱丰在通讯录里翻着老杨的号码，拨了过去，在响了三声"嘟"后，电话直接被挂断了。不信邪，再打一次，这回只嘟了两声，又被挂断了。

"嗨，这个老杨，这是干吗呢？"岱丰嘴里一边嘟囔着，一边又拨了过去，刚嘟了一声，又给挂了。

就在他疑惑地想再次拨过去的时候，手机提示他有条微信消息。点进去，发现是老杨，文字简短，却充满了力量：办事呢，别烦我。

岱丰抬头看了看夜空，苦笑不止。看来今晚能陪他的，又只有月亮。

这次叫的代驾技术娴熟，开车又快又稳，岱丰还没从对今晚事情的回顾中抽出身来，就已经到家了。

洗漱完躺在床上，岱丰望着天花板发呆。"也不知道老杨这孙子怎么样了，口若悬河的爱情专家落了地，但这落地的速度也太快了吧，感觉像开了十倍速似的。不行，我再打电话问问他，还是不放心，万一这孙子被人割了肾怎么办。"

岱丰从枕头下摸出手机，点亮屏幕，又拨出了老杨的手机号。

在"嘟嘟嘟"响了几声后，老杨可算是接通了。

"你有病吧，你老给我打什么电话！"老杨那边明显是收着声说话，音压得特别低。

"你有病吧老杨，兄弟这不是担心你，怕人把你给暗算了。"

"暗算没有，就是按了按腰。还有事吗，没啥事就挂了。"

"等等，你在哪儿呢？"

"你管我在哪儿，你还想过来是怎么着。对了，晚上坐你对面的姑娘是谁啊？"

"就你走了以后来的一女孩，挺好的，能聊。"

"你俩……"

"没影的事，就朋友，你别瞎琢磨。"

"行，我先挂了，明天再说。我警告你，你丫别再给我打电话了。"

"你快滚吧。"岱丰愤懑地挂断电话，骂骂咧咧地说老杨真不是个东西。

放下手机，岱丰也抵挡不住汹涌而来的睡意，好像催眠的浪潮扑卷而来，将他彻底埋在身下。

第二天醒来，感觉头有点疼，哪儿哪儿都不舒坦。岱丰半睁开惺忪的睡眼，伸出手在枕头下不停摸索着，想摸出手机看看几点了。

"嗯，都快十点了。"瞄了眼时间，岱丰打了个哈欠。

屏幕上显示有十个未接来电，名字都是老杨。

"什么情况?"岱丰一边念叨着，一边回拨了过去，这还是第一次遭到老杨的夺命连环call，肯定是出什么事了。

"但愿老杨的肾还在，老天保佑。"岱丰嘴里念念有词。

"你睡死过去了吗! 看老子给你打了几个电话!"电话那头的老

杨高声嘶吼着，和昨晚判若两人。如果昨晚老杨的声音是醉乡民谣的话，现在的他无疑是死亡摇滚，还得是重金属的。

"昨天开会，手机调静音忘改回来了，咋了啊，出什么事了？"

"我他妈让人给抢了，电话里说不清，你快来。"

"抢？让谁抢了？你在哪儿啊就让我来。"

"凯莱酒店，你快到了我给你说房号。"

"可以啊老杨，都住上五星级了，平时跟兄弟们一块吃个饭，五块钱都较劲，这五星级酒店住得倒是利索。"

"少废话，快来。"

挂断电话后，岱丰忍不住有点想笑，这个一直自诩爱情专家的老杨，怎么跟头栽得这么快。目前来看，肾还在，那就没多大事。

岱丰放下手机，准备洗漱后就出发。

到了酒店房间，老杨靠床头坐着，嘴里叼着根烟，一脸颓废相。

"你悠着点，别把人床单被罩给烧了。"岱丰把酒店房门关上。

老杨铁青着脸不说话，嘴里光往外冒烟，就是不吐字。

"说啊，怎么回事，我那个如花似玉的嫂子呢？"岱丰在房间里打探着，好像没有什么能藏人的地方。

"嫂什么嫂，就是个婊子!"老杨气得直接从床上弹了起来，好像放了个火箭屁一样。

"你昨晚不是还爱得死去活来，怎么一晚上的工夫就骂人了呢。"岱丰笑着想坐下来，被老杨一脚踢开。

"你给我滚一边去。"老杨把烟头在烟灰缸里来回捻压，"一晚上就搞走我四万，四万啊!"

"啥?"岱丰怀疑自己耳朵有问题，听错了。

"晚上她躺在我怀里撒娇，说想买个包，我心想一个包才几个钱，我以前买那耐克巴斯光年的包你还记得吧，也就一千多块，我说买，随便买。然后她选完款式后让我代付，我当时记得看数字是3999，心想这包咋这么贵，还问了一嘴，她说什么限定之类的，我也记不清了。我想3999就3999吧，毕竟人家跟了我，也不能让人吃亏，咬咬牙就付了。"老杨说完，长嘘了一口气。

"然后呢? 3999怎么变四万的?"

"今天醒来发现屋里就我自己，发信息问她人呢，她说朋友找她有事，就先走了。我起来后感觉有点饿了，就想点个外卖吃，结果选银行卡付款，怎么都不够了。我心想不应该啊，我卡里还有四万块钱呢，去个3999的包还得剩三万多啊。然后翻了翻账单，我傻眼了，啊！原来那个包花了39999，我昨晚看漏了一个9。"

岱丰像听天书一样看着老杨，感觉此刻坐在对面的不是他兄弟，而是一个缺心眼的蠢蛋。

"我给她发消息，说昨晚我看错了，以为是3999。给她说我身上就四万块钱，现在身无分文了，能不能退给我三万，零头我也不要了。"

"然后呢？她怎么说？"

"她没怎么说，直接把我拉黑了。"

"老杨，这直接能构成诈骗了吧！"

"骗啥，我自己一厢情愿付的，可就是咽不下这口气，四万啊，买个包，太他妈坑人了！"

"老杨，你这觉睡得可够贵的。"

"你别说了，我喊你来没别的意思，就是想蹭顿饭。"老杨可怜巴巴地看着岱丰。

"看你这意思，是不打算追究了？"

"追究也得先吃饱肚子啊，我都快饿死了。"老杨从床边拿起衣服套在身上。

"行，看在你如此凄惨的分上，我请你，正好昨晚我欠人姑娘一顿饭，喊她出来一块吧。"岱丰掏出手机，打算给小梵发个微信。

"你跟那姑娘发展到哪儿了？"

"什么发展到哪儿了，我昨晚都说了啊，就是朋友。我觉得，能结交这样的朋友就特好，相处舒服还能吹牛，老杨你也该认识认识。"

说话间，岱丰给小梵发了条消息，当红色感叹号出现的时候，他的脑海里闪过一瞬间的空白，直到老杨的笑声响起，才把他拉回现实。

"哈哈哈哈哈，朋友！相处舒服还能吹牛！"

岱丰盯着手机看了很久，耳边全是老杨的骂声，小梵的脸在他眼前一会儿清晰一会儿模糊。

你相信吗？有时候不仅仅失恋会让人觉得瞬间自己成长了很多。这是岱丰第一次懂得，得不到和已失去，原来真的都同样有让人刻骨铭心的能力。

后来岱丰跟老杨回忆起那一晚，总觉得有些事情真的就是命中

不应该日

注定，不应该日，老杨吃饭不应该付钱，喝酒不应该喝醉，不应该遇见爱情，而岱丰也不应该遇见小梵，在不应该日发生的一切都不应该。

漾club

好自为之

一只无脚鸟

一只无脚鸟

"上班难，上班累，上班来了就遭罪。"岱丰在工位上跷着二郎腿，低声哼着小曲，享受着片刻来之不易的摸鱼时光，下班的光明就在前方，被工作所笼罩的黑暗即将褪去。"遭罪遭罪真遭罪，天上要是能撒钱啊我天天睡。"

突然，手机屏幕亮了，提示有条新的微信消息。

岱丰停下来即兴rap，心情变得有些忐忑。"不是加班不是开会，别让辛勤的劳动人民空流泪。"岱丰默念着拿起手机，将它放在胸口处祈祷。

一分钟过后，他左手攥着手机，右手伸出食指，庄严肃穆地戳向了屏幕。

"小岱比，晚上一起吃饭啊。"

微信聊天界面上，百灵的聊天框顶在了最前面。

"百灵啊百灵，你是要吓死我啊！"岱丰松了口气，看来这个周五的傍晚，自己可以按时迈出办公室的门。

"百灵，下次直接打电话成吗，这样还能让你听见我拒绝你时雄厚有力的声音。"

岱丰发出这条消息，放下的二郎腿又跷了起来。

百灵是岱丰的女性朋友之一中的之一，诚然，岱丰的女性朋友比老杨头上的头发都多。不过在老杨开始使用防脱洗发水和考虑去植发后，这个类比或许会在不久的将来崩塌。在岱丰数不胜数的女性朋友中，百灵算是让岱丰最为头痛的姑娘，没有之一。

岱丰一直自认为在胡搅蛮缠、装疯卖傻界是不可多得的天才，所到之处无人能出其右。直到遇上百灵，岱丰才算是认了怂。原来境界这个东西，还真是得修炼，至少目前他抬头，只能看见百灵的鞋底。

手机屏幕再次亮起，通知有微信来电，致电者不是别人，正是百灵女士。

"你有病啊，让你打你就真打。"岱丰用手捂在嘴边，低声训斥。

"岱总吩咐的事，哪敢不落实呢。"电话那头传输过来百灵的声音。

岱丰一直认为，取名是个很大的学问。在他这近三十年的生活中，见识到太多很简单粗暴的名字：郝帅、美艳、佳丽、英俊等等。而真人无一例外的和父母敲桌子拍定名字那一刻的期许背道而驰，越走越远，而且还在不断踩油门。这也让岱丰认识到攒人品的重要性，一定要低调。所以岱丰早就给未来的孩子暂定了一个名字：岱比。

话说回来，百灵倒是另类。或许叔叔阿姨给百灵起名字的时候，也没想着让孩子往演唱事业发展，就希望孩子以后说话好听。但百灵这孩子违背了父母的初衷，大力发展演唱事业，但一开口说话就没谱了。

每次岱丰被怼得咬牙切齿，攥着拳头笑眯眯对百灵说："会说话你就多说点。"

"百灵，你好好说话，甭冷嘲热讽的。什么岱总，你见过哪个总出去吃盖浇饭还用花呗付款的，而且还得分三期来还。"

"要不怎么说岱总非比寻常地迷人呢，走哪儿，哪儿都有一窝姑娘倾心追随。"

"百灵，没什么事就撂了吧，以后结婚生孩子了再联系，没什么别的事都别相互打扰了。"

"少废话，晚上海丰酒楼，我订了个桌。你今儿不加班吧?"

"哟，还真不赶巧，我领导五分钟前刚说，下班先别走，有个会议要开。"岱丰的左手下意识地开始敲桌子。

"行了，还在这编呢，你下次要是想编，就先把自个儿一撒谎就敲桌子的毛病给改了。瞧你这桌子敲的，跟打架子鼓似的。晚上七点，别给忘了。"

百灵还是懂岱丰的脾气，说完就把电话给挂了，不留一丝让他反驳的机会。

"这可怎么办才好?"岱丰又开始用手指敲桌子,然后抬起另一只手,狠狠打向正在桌面上跃动的手指,"都怪你这不安分的东西,不敲会死啊!"

岱丰着实怕见着百灵。

为什么怕呢?百灵不明白,老杨也不明白。你要说岱丰明不明白,也不好说,岱丰是个心里没底的人,很多事都是揣着糊涂装明白。

前几年有款特别风靡的手机小游戏,操作一只鸟在参差不齐的水管间穿梭,碰到水管就over。岱丰就是那只鸟,什么都不敢触碰,毕生都在周旋。

岱丰想来想去,只有老杨能帮他挡住这一灾。所有希望都压在老杨身上了,老杨啊老杨,你可千万别让我失望。

岱丰一边念叨着,一边拨通了老杨的号码。

"喂,杨哥,干吗呢?噢,也快下班了对吧。是这样的杨哥,有件事我想……"

"有事说事,别一口一个哥地叫着,听着就恶心。"还没等岱丰交代清楚,老杨就用破口大骂封住了他的嘴。

"老杨你个王八蛋，我这是给你脸了！"岱丰也毫不示弱。

"就是，这样聊天多舒服，你早好好说话不就成了，非得装文雅。屎壳郎喝墨水，吐的粪不是粪，墨不是墨。"

"行，老杨，算你长了张会说话的嘴。那什么，百灵喊我晚上吃饭，我不想去，你帮我挡一下，就说晚上你约了个相亲，让我帮着暗中观察。"

"谁？百灵啊。行，那我给百灵打个电话说下。"

"得嘞杨总，我代表我市所有洗浴中心的姐妹，给您鞠躬了。"

"滚你丫的，没事就挂了，忙着呢。"

"等等，你晚上是不是没什么事啊？找个地方聚聚吧。"岱丰趁老杨还没挂电话，赶忙添了一句。

"也行，这顿算你的，地儿你挑吧，找好了给我发定位。"

"没问题，我等会儿发给你。"

有杨总出面，这问题应该算能解决了。

岱丰伸了个懒腰，面对即将到来的周末，他又打起了精神。

眼看着下班已进入倒计时，岱丰点开微信聊天框，给老杨发了定位。其实定位发不发都一样，本地好吃的菜馆就那么几个，都被自己和老杨摸透了。这次选的地方，老杨闭着眼也能摸到，闻着味就行了。

"老杨啊，我这马上就下班过去了。你可别迟到。对了，你跟百灵怎么说的？"

岱丰给老杨发了语音，等他回复。

"百灵那儿我给安排好了，孙子啊你就放一百个心。还让我别迟到，我马上就到了，你下班赶紧的吧，别跟个王八似的磨蹭。"

老杨的声音依旧那么铿锵有力。

岱丰看着时间进入整点，立马按下电脑关机键，把桌上摊开的笔记本合上，夹在中间的笔抽出来，放在本子旁边。按下门旁边的灯开关后，岱丰关上门快步走向电梯。

周五的晚高峰，总会比以往来得更凶猛一些。

"岱丰，你个王八蛋到哪儿了？"

"岱丰，你不回消息解决不了任何问题，你到底到哪儿了！我让饭店从日本给我进口的牛肉，飞机都落地了，你怎么还没个影。"

"岱丰，岱丰，你丫是不是哑巴了？"

面对老杨的语音轰炸，岱丰早已习惯。老杨是个急性子，压不住火，屁大点事到他那儿都能给整成弹道导弹，所以岱丰采取一贯的应对措施，不闻不问，保持缄默。

他望向车窗外，每当黄昏时，总会感到些许惆怅，他挺想副驾上能坐着位姑娘，但又深知自己有点事儿不着调，有些时候为满足自己的私欲而达到占有的目的，对对方的爱也是一种亵渎吧。

岱丰被车后的鸣笛声拉回到现实，他赶忙踩下油门，越过头顶前方的绿灯。

等到了饭店门前，岱丰已经迟到近四十分钟。他已做好被老杨灌酒的准备，能用喝酒解决的问题都不是问题，反正就和老杨两人，没外人在，迟到两小时也无所谓。

岱丰锁好车，长嘘一口气。

虽然一直在自我安慰，但岱丰心里还是很忐忑，毕竟以老杨过往的嗓门分贝来看，他铁定要在众目睽睽之下被罚三杯酒。

"你还知道来，我以为你让人给埋半道了，正说明年清明给你烧个PS5，外加一台Xbox。不过这钱百灵出。"

老杨说完，指了指坐在旁边的百灵，

而岱丰，整个人都傻掉了。原本心存的迟到愧疚瞬间荡然无存，取而代之的是离奇的愤怒。

"老杨，这就是你安排的事儿？"岱丰指了指一旁喜笑颜开的百灵。

"咋了？这不整挺好吗，叫来一个端茶倒酒的，咱俩省心了。"老杨举了举手里的酒杯，示意岱丰坐下。

"小岱啊，人百灵请你吃饭，这么好的事去哪儿寻啊！你还瞎捯饬，净整花活儿。我跟百灵坐这儿等你四十多分钟了，一个菜没点，我饿得撑不住了让百灵点菜，人不愿意啊，说不行，等岱比，不对，岱丰来了菜凉了，一定要等人到了再说，点他爱吃的。你瞧瞧，这体贴人的劲儿。"

"老杨，你的屁排完没！"岱丰阴沉着脸坐下，又生气又不好意思。生气是因为老杨办事太不靠谱，让他帮着把事给推了，这倒好，直接给揽来了。不好意思呢，是自知愧对百灵，毕竟这事办得有点不地道。

"瞧瞧吧少爷，看吃点什么。"百灵把菜单丢给岱丰。

"看什么，老杨门儿清，你们不早点，等菜端上来，我孩子都会刷盘子了。"

"我门儿清管什么用，百灵不信我，非说我自私，点自己爱吃的。唉，就说这肥肠，你给我钱我都不吃，但你不就好这口吗。可百灵不听啊，说我是故意的，点这个菜给你们喂屎。"

"老杨，你咋这么烦人呢！"百灵嗔怪地拍了下老杨。

"你们点吧，我已经吃屎了。"岱丰又把菜单推了过去。

"怎么弄的，路上追尾粪车了？"老杨接过菜单，边说边打量岱丰。

"是，我追尾你家买菜车了。"岱丰白了老杨一眼。

"你不是要陪老杨去相亲吗？"百灵给岱丰杯子里倒满水。

"相鸡毛，就他那损样相什么相，还再去给人送几万块钱么。"岱丰端起水杯抿了一口。

"说话归说话，我劝你别人身攻击啊。"老杨用手指着岱丰，眼睛一直挤巴，示意他别再往下说。

"送什么钱，老杨，你还嫖娼啊？"百灵不可思议地扭过头看着老杨。

"嫖什么嫖，你听他瞎吹。"老杨有些心虚，明显底气不足。

"我吹什么了？老杨，不是弟弟要拆你的台，今晚可是你先算计我的。"岱丰先给老杨提个醒。

"说说说，原来到最后我才是最大赢家。"百灵笑得合不拢嘴，像个孩子一样。

"这事也挺简单的，就是咱们的爱情专家老杨，在饭店里坚信遇到了自己的人生另一半。那姑娘相貌看上去就是铁定和老杨平行线的那种，永不交织。但咱们的爱情专家不信邪啊，深信自己魅力无极限，结果呢，跟人姑娘睡了一觉，让人掳走几万块钱，最后人财两空。"

"岱丰，你别在这儿嘴瘾过得爽，说别人时整得慷慨激昂，怎么不说说自己的事儿呢？"

老杨愤懑地把杯子往桌上一置，水花从杯口溢出。

"哟，小岱比，你还有事儿呢？老杨快说说，看看我们伟大的岱丰同志整出了啥幺蛾子。"

百灵小脸红扑扑的，兴奋异常，俨然在参加一场吐槽大会，而她是台下唯一的也是最忠实的观众。

"我那天晚上不是去搭讪了嘛，人岱丰同志也没闲着，直接勾来一姑娘。虽然比我那个差了点，也不是，俩人不是一款，也不能类比。反正挺好看，条儿也顺。"老杨说得有点口渴，又端起水杯，仰着脖子灌了一口，"然后我是认栽，让人姑娘给耍了我承认，但岱丰同志腰板硬啊，坚称，注意啊，是坚称，就是普通朋友，处得特别好，相处很舒服，没事儿就能吹牛，特棒。结果怎么着，嘿！第二天给人姑娘发微信，直接出感叹号了！哈哈哈哈，这孙子原先还在嘲讽我，说自个儿碰上的这个多好多好，你这根本不行，一看就是不靠谱的主儿。"

老杨说完，整个人缩在椅子上笑得乱颤，百灵起先也是笑得合不拢嘴，但看着岱丰的脸色愈加阴沉，也渐渐收住笑容，绷紧了嘴唇，还顺带着用胳膊肘捣了捣在那儿花枝乱颤的老杨。

"怎么，说我的时候说得起劲，我这批评他两句就不行？我说百灵啊，这孙子真不能惯，依我这十多年来对他的了解，这丫就是越惯越混蛋，蹬鼻子上脸。"老杨整了整衣襟，说得有鼻子有眼的。

"老杨你就在这儿吹吧，你别把百灵带坏了，多好一姑娘，跟你学着走了歪道可完犊子了。"岱丰杯子里的水马上见底了。

"你也知道百灵好啊，为了跟你吃顿饭，给我打了五个电话。五个电话啊，什么概念！除了我妈和上学时期的女教导主任外，百灵是第一个穷追不舍给我打电话的女性。真的，让我很感动，虽然这事跟我没什么关系，我就是个工具人。但，我老杨感觉到了百灵的真情。"

老杨还算眼皮子薄，见岱丰水杯空了，立马提起茶壶，给他满上。

"老杨你烦不烦啊，净说这有的没的。"百灵再次嗔怪地打了下老杨，看似是责备，实则是一种暗悄悄的鼓励：老杨你多说点。

"那你俩挺合适的啊，听你这话的意思，百灵对你意义重大，你也感受到了她灼热的真情。百灵呢，对你也是不抛弃不放弃，电话打不停，很是在乎你。我觉得这事儿能成。"

岱丰知道两人唱的是什么戏，故意抽身出来，留他俩在台上二人转。

"拉倒吧，人百灵瞧不上我，是吧，百灵？"老杨举起杯子，端到百灵的面前。

"老杨就这点好，通透！这悟性怎么着也是名列前茅了。来，为老杨干杯！"百灵也举起杯子。

"我们这是老年联谊还是怎么着，都这么养生了吗，逮着凉白开猛灌。服务员，来箱百威！两箱！"

老杨扯着嗓子喊，别说这个店里的服务员了，就是马路对面饭馆的服务员都能听个透彻。

"老杨，就你这嗓门，不去天桥练摊可惜了。"岱丰着实拜服老杨这大分贝的嗓子。

"练什么练啊，就这嗓门，一嗷吼直接把城管给招来了。"百灵用筷子敲着瓷盘，感觉有些无聊。

"我觉得啊，我适合去练美声，就是那种啊啊啊啊啊啊。"老杨张大嘴，仰着脖子就开始了，"帕瓦罗蒂你们知道吗，我觉得自己有成为北京天桥帕瓦罗蒂的潜质。"

老杨越说越起劲儿，脖子上的青筋慢慢凸起，整个人的脸也憋得通红。

"老杨你差不多得了，别一口气没顺过来直接过去了，到时我跟百灵还得担责。我俩要是给逮进去了，明年谁给你烧 PS5 啊。"

岱丰见服务员抱着酒来了，立马把水杯里的水清掉。

"朋友们，今晚不醉不归。"百灵从箱子里摸出三瓶酒来，直接用牙就给开盖了。

"服务员，我们的菜呢，是不是刚在菜园里撒下菜种子，还没收成呢!"老杨等饿了，把火冲着服务员发。

"老杨你这人就是瘪三，有种你去找老板嗷嗷去，跟人服务员撒什么气。"岱丰就瞧不起老杨这德行，挑软柿子捏。

"就是，人服务员挣点钱也不容易，还得天天听你在这吆五喝六的。"百灵吸了口啤酒沫。

"你俩就合起来欺负我这个老实人呗。"老杨举起酒杯，示意走一个。

"谁敢欺负杨总您啊，北京五环内有谁不知道您的声望，爱情教授、爱情博主、爱情专家。我们这平民百姓，不敢招惹您。"岱丰碰了碰两人的酒杯，开启嘲讽模式。

"百灵听听，这是人说的话吗？"老杨喝完擦了擦嘴边的啤酒沫。

"挺在理啊，来，杨总，我敬您一个。"百灵说着，又把刚倒满的酒杯伸在了老杨面前。

"行，就欺负我吧，你俩可算是逮着一个老实人。"老杨边说边摇头，装出一副楚楚可怜的姿态。

"岱比，你和那姑娘就没再联系了？"百灵开始把话题往岱丰这儿引了。

"没联系了，还联系啥啊，都给我下发红色感叹号了。"岱丰一脸苦笑地摇了摇头。

"指不定是人姑娘给你的考验呢，看你心诚不诚。"百灵一脸坏笑。

"行了，你就别讥讽我了，还考验，考什么验啊，直接把人拉火葬场给烤了。"岱丰拿起酒瓶给自己满上。

"我觉得啊，百灵说得在理。保不齐还真是人对你的一次考验。"老杨说得跟真事儿似的，一脸严肃，让人哭笑不得。

"就算是考验，我凭什么让她考啊。爷又不是参加什么会所招聘考试，还让她挑挑拣拣的，真是，我又不缺。"岱丰必须得把面子稳住。

"是，老杨，听见了吧，人根本就不缺，哪像咱俩似的，天天在这儿跟发情似的期盼异性来敲门。"百灵见服务员端着菜来了，帮着收拾桌面，腾出空。

"那可不，有句古诗写得好啊。岱总活儿如何，人鬼情未了。意思是岱总在这情场上操练的技术，让女鬼都念念不忘。"老杨夹了一筷子菜塞进嘴里，结果烫得直咧嘴。

"看，嘴贱遭报应吧，烫死你丫的。"岱丰有点幸灾乐祸。

"哟，老杨你俩睡过啊，岱比的活儿好不好，我看你挺清楚的。"百灵嘴里嚼着菜，觉得自己无意中发现了重点。

"这个啊，你以后比我更清楚。"老杨一脸的坏笑。

"老杨你可别乱说。"

还没等岱丰动手，百灵在桌下已经一脚踹过去了。

"说正经的，灵儿啊，该寻摸着找个对象了，没必要跟我俩耗着。"岱丰认真地看着百灵。

"说得简单，去哪儿寻摸啊，你给我指条明路，大学男生宿舍楼底下，还是会所门口啊？"

百灵一脸无所谓的态度。

"你看这人，跟你说正经的呢，净瞎扯。老杨，你可是把百灵给带坏了，百灵以后要是找不着好婆家，就都怪你。"岱丰挤眉弄眼地看向老杨，示意让他接话。

"没意思了，说一两次得了，你怎么还起劲了呢。"百灵突然把筷子摔在桌上，眼睛直勾勾瞪向岱丰。

"我、我这不是开玩笑嘛，老杨，你说对吧？"岱丰有点慌，这姐们要是脾气上来，那今晚可真就在劫难逃了。

"有这样开玩笑的吗？谁粘着你了，老把我往老杨那儿推什么？你这人真没劲。"百灵开始自己喝闷酒，气氛一下子变得有些压抑。

老杨不断地冲岱丰使眼色，示意他赶紧哄哄百灵，不然今晚谁都别想肃静。

岱丰长嘘一口气，在脑海里组织充满歉意和友好的检讨词。到底该怎么说呢？眼看着百灵就要喝完这杯酒了，岱丰有点惊慌。

老杨又开始使眼色，让岱丰别磨蹭了，赶紧的吧，不用整太多词，先把姑奶奶的情绪稳下来。

岱丰再次长嘘一口气，调整好心率后，他张开嘴巴准备发音。

"百灵，我深刻地认识到自己刚才的错误，我不该胡言乱语惹你生气，你大人不记小人过，别和我一般见识。"岱丰低着头，努力让自己演得更逼真些。

"你没有胡言乱语。"百灵放下酒杯。

老杨和岱丰听了后，心里悬着的石头放下了，看起来没生气，幸好幸好。

谁知百灵紧接着跟了一句："别抬举自个儿，你那是人话吗？简直就是在放屁。"

岱丰刚放下的石头猛然间又提到了嗓子眼。

"少奶奶啊，您就别生气了，我也没别的意思，就是开个玩笑。显然，这玩笑开得很不合适，我也认识到了，保证下不为例。"岱丰给自己的酒杯倒满，满得不能再满。

"我自罚三杯谢罪，您老看着。"岱丰端起酒杯，一饮而尽。正准备接着倒第二杯，突然身旁响起一个女人的声音。

"我从背后看着像你，没敢喊。这绕过来一看，还真是你。"

一个披散着头发，穿着白色连衣裙，脚踩高跟鞋，肩挎LV包的气质型美女笑着站在岱丰身旁，目光不停扫向桌对面的老杨和百灵。

"这位是？"老杨的心里有些忐忑，感觉一股冰冷锐利的杀气，从身旁弥漫开，浸入他的骨子里。

"这么巧啊莎莎，你怎么在这儿?"岱丰起身和她打个招呼，鼻孔瞬间被莎莎身上的香水味道给填满，很好闻。

"别提了，本来闺蜜约我来这儿吃饭，说这儿的菜味特别正，好吃。我等她半小时，结果给我发消息说加班了，实在走不开。你说气人不气人。"莎莎说话时始终面带微笑，自然不做作。

"确实，不过我都习惯了，身边一群'放鸽子'专业户。"岱丰被香气迷得有些站不稳。

"坐下说吧，一直站着多见外啊。"老杨情不自禁地招呼着，立马感觉脚被人用力踩了一下。老杨一脸扭曲地看向百灵，而百灵脸上挂着笑，一脸不知情。

"对啊，坐下吧，站着多难受，不然等会儿他俩也得跟着站起来。不知道的以为咱这桌是要宣誓呢。" 岱丰好像忘了要哄百灵的事情，注意力全放在莎莎身上。

"不了吧，你和你朋友们吃饭，我就不打扰了。我就是远处看着像你，过来确定下，没想到还真是。过来打个招呼我就走了，你们吃。"莎莎笑着摆摆手。

"没事没事，别客气，岱丰的朋友就是我们的朋友，大家都是自己人，一块吃吧。"百灵率先发话，她脸上也挂着笑，眼睛眯成缝，看着莎莎。

"坐下吃吧，都是朋友，没有外人。"岱丰轻拍了拍莎莎的肩膀，示意她坐下。

"那我就恭敬不如从命了。"莎莎捂着嘴笑，笑不露齿，落落大方。

老杨突然觉得怎么坐都不自在，屁股开始不停地扭来扭去。

"老杨，你屁股下面是长蚊子窝了吗？"百灵猛地拍了下老杨，吓得他一激灵。

"姑奶奶，你小点儿劲，我肝儿都让你给拍出来了！"老杨看上去有点蔫，他的直觉告诉自己，今晚的日子会不太好过。

"岱丰，你的朋友们可真有意思，跟你一样。"莎莎又开始捂着嘴，身上的香气随着身体的摇晃，散发得更为强烈。

"我们跟他可比不了，岱丰多有意思啊。"百灵撇了撇嘴，"等你熟悉他了就知道，这人啊，有意思得很。"

"是吗，看来我还不够了解他。"莎莎从服务员手中接过餐具，说了声谢谢。

"你和他是同事吗？"老杨忍不住了，夹了一筷子菜。

"你看我，都忘了给大家介绍了。"岱丰拍了下脑门，"这位啊，叫莎莎，我同事，人特别好，工作能力也很强。"

"你可别乱说了，净反着来。"莎莎用手打了下岱丰，语气有些嗔怪。

老杨的心又提到了嗓子眼，感觉杀气越来越浓，像雾一样，笼罩在面前。

"再加几个菜吧。"百灵把菜单递过来。

"不用了不用了，我饭量小，吃几口就饱了。"莎莎连忙摆手。

"再加个吧。"岱丰接过来，擅自做了主，"加个干锅鱼尾吧。"

"你不是不爱吃鱼吗?"百灵冷不丁地说了句。

气氛瞬间变得有些尴尬。

"哪有不爱吃鱼的猫啊，你忘了岱丰是属猫的?"老杨赶忙打圆场。

"你那是没有不偷腥的猫吧?"百灵往盘子里夹了两筷子菜。

"你属猫的啊?"莎莎转过身，一脸惊讶地看着岱丰。

"听他俩鬼扯，这两人嘴里要是能有句实话，街上汽车都倒着开。"岱丰笑着说。

"哎，莎莎，一直听岱丰说工作，听着感觉你们公司都要倒闭了似的。到底状况怎么样啊？"老杨没话找话的意图太明显了。

"哈哈，原来公司在你心里是这么个形象啊。"莎莎给自己的杯子倒满了酒，"没他说的那么差，但也算不上好，反正就那样呗，效益不高不低的。"

"要我说，岱丰这小子嘴里也没谱，天天跟我哭穷，什么公司效益一团黑，能看到黎明曙光的只有楼梯间没踩灭的烟嘴。"老杨突然觉得说这个话题有点冷落了百灵。

"行啊岱丰，你这还说得挺诗情画意。"莎莎扭过头看着岱丰。

"不知道了吧，岱丰打小就浪漫，放眼北京城，五环之内没有哪个男的能浪过他，也没哪个男的能慢过他，就今天吃这顿饭，我俩等了他快一小时。"百灵举起酒杯，想要和莎莎走一个。

"今天公司可没加班，他要是拿这个当借口，我现在就得拆台。"莎莎笑着端起酒杯，和百灵的杯子轻轻碰了碰。

百灵很利索，仰着脖子直接喝个底朝天。莎莎见状，皱了下眉头，随即马上又挂着笑，说："你朋友都跟你一样，好酒量。"

"你不用喝这么多，她那是喝习惯了。"岱丰拿起酒瓶，给莎莎倒了半杯。

百灵注意到了这个细节，她的情绪虽然很快调整过来了，但那稍纵即逝的难过，的确从她脸颊上划过。

"百灵，别喝了，哎呀，别喝了百灵。"老杨想夺过百灵手里的啤酒瓶，奈何连个边儿都摸不着。

桌上的菜已多数被清盘，两箱酒也早已喝个精光。但百灵好像没喝痛快，又喊服务员给加了一箱。

莎莎依旧脸上挂着笑，虽然百灵已经找她喝了好多好多次，但她貌似没有醉酒的状况。

老杨知道，对面这个女人属于典型的深藏不露型，百灵这场赢不下的。但百灵偏偏是个很要强的人，她不信，眼前这个假惺惺的女人，能把自己给喝倒。

"我这人，就是喜欢交朋友。岱丰的朋，朋友，嗝儿，就是，就是我，我的朋友。莎莎，今天遇见你，高，高兴！你不会怪我吧。"百灵又端起一杯酒，说话已是断断续续，不太利索。

"百灵，别喝了。"岱丰想拦住，却被百灵挣脱开。

"我喝我自己点的酒，又不要、不要你付钱，别、别管我。"百灵和莎莎又碰了一次杯，再次一饮而尽。

老杨在一旁劝也不是，不劝也不是，实在不知该怎么办，只能用筷子在菜盘里扒拉扒拉，假装在找肉吃，缓解下尴尬。

"百灵，百灵？"老杨见百灵喝完这杯酒趴下了，有点被吓到。

"我，我没事，就是有点犯，犯困。你们先吃会儿菜，别，别管我。"百灵的声音很微弱，就像睡觉时的呓语。

"得，这是真喝多了。莎莎好酒量啊，感觉你现在一点儿事也没有。"老杨是由衷地佩服，并更加确信自己的猜测，这姑娘，绝不是一般人。

"哪有哪有，我只是不上脸而已，其实早就晕啦，整个人都是蒙蒙的。"莎莎笑着说，但整个人呈现出的精神状态很轻松，丝毫没有她所说的发蒙迹象。

"岱总，以后谈生意带着莎莎，也不用打电话喊我出来给你挡酒了。"老杨的话很有深意，岱丰也不傻，听得出话音。

"别瞎说，正经同事，你想什么呢？"岱丰赶紧驳回。

"就是的老杨，你这样可就不地道了。"莎莎也跟上。

"行，也吃得差不多了，百灵怎么办，你顺路给捎回去？"老杨给岱丰使了下颜色。

"莎莎，你怎么来的？"岱丰先不回答，而是转过来问莎莎。

"我没事，叫个计程车就可以，今天出门我也没开车。"莎莎笑着说。

好自为之

"这个点儿了，一个人坐出租车多不安全啊，反正我叫代驾，送你吧。"岱丰有点担心。

"不用了，你照顾好你朋友就行，我没事的。"莎莎站起身来，站得很稳，一点儿都不晃。

"还是送你吧，不然也挺担心的。"岱丰好像被莎莎身上的香味迷了心智，一门心思扑在了她身上。

"真的不用了，岱丰，照顾好你的朋友吧，我真的没事。"莎莎拿出手机，点开快车软件。

老杨坐着没动，目光也是，一直注视着岱丰。他从岱丰身上看到了一种渴望，一种情感上的渴望，这在之前从来没有看到过。在老杨心中，岱丰就是个玩世不恭的无情浪子，每个女人他都想要，但每个女人他又都不想要。

可这个莎莎好像对岱丰而言有些不同，作为爱情专家兼爱情教授，老杨笃定，岱丰对莎莎有特殊的情感。

"莎莎，路上回去注意安全，我就不送你了，也不太合适。"老杨还是那个德行，有什么说什么。

莎莎闻言笑了笑，"老杨别客气，你这也免了被我拒绝不是。"

"哈哈哈，是这么个理儿。"老杨也站起身来，拍了拍岱丰，

"我跟你一块把百灵送回去，你这么瘦，估计架着她也费劲。"

"我叫的车到了，就先走一步啦。今晚很开心，感谢大家的款待。"莎莎拎起包，给老杨和岱丰挥手告别。

"到家告诉我一声，千万得记住了啊。"岱丰望着莎莎的背影，喊了声。

"放心吧。"莎莎闻声回了头，冲岱丰嫣然一笑，又挥了挥手。

见莎莎走出店门，老杨立马凑到岱丰身前。

"你小子是不是爱上她了，我警告你啊，这娘们可……"

"什么娘们娘们的，老杨你说话真难听，能不能尊重下女性。"岱丰白了老杨一眼。

"行行行，我粗人一个。那我重新说一遍，这女人可不是善茬，我觉得你驾驭不住她，别觉得自个儿造诣深，凭我的经验，你这回得碰壁。"

"信你个鬼，老杨不是我说你，你把研究别人事儿的一半心思放在自己身上，那几万块钱这会儿还在银行卡里躺着呢。"岱丰拍了拍老杨肩膀。

"行，就好心当成驴肝肺呗。反正别怪兄弟没提醒你，回头出了事儿可别在我这痛哭流涕。"老杨嘴上也不饶人。

好自为之

"你以为我跟你似的。"岱丰轻轻拍了拍百灵，没有得到任何回应。

"百灵今儿是真喝栽了，那姑娘酒量是真的行，估计就算我跟她拼，胜算也不高。"老杨挠了挠胡子。

"别琢磨胜算了，赶紧把少奶奶弄回去吧。"岱丰一脸无奈，"天天净给我惹事儿，一点儿不省心。"

"你这就真没良心了，百灵就想跟你吃个饭，姑娘也是要面子的人，半路杀出个莎莎来，换谁谁不起杀心啊。"老杨觉得岱丰怎么突然变得这么木讷，跟榆木疙瘩似的不开窍。

"我先叫代驾了。"岱丰显然不想在这个话题上耗费太多时间。

两个人把百灵扶上车的时候，代驾时不时地往后看。

"别看了兄弟，这朋友喝多了，不是什么'捡尸'。我们都是正儿八经的文明人，绝不干那缺德事儿。"老杨话多，再加上一直被偷瞄，他浑身不自在。

代驾听了赔着笑，连忙点头。

"老杨，我坐前面。"岱丰刚想去坐副驾，被老杨抢了先。

"你坐个屁，抓紧去后面蹲着去。"老杨摆明了要把岱丰撵过去和百灵在一起。

一只无脚鸟

夜色甚浓，路上除了氤氲的路灯照射，剩余光亮就是浅白的月光。

岱丰扭头看着窗外，身边百灵头歪倒在他身上，睡得起劲。

其实他也不知道百灵到底睡没睡着，已经把她推下去三次，但百灵总是像开了天眼一样，又顺摸着靠了过来。

岱丰索性也不推了，让她就这么靠着。

"老杨，你扶着那边点，快快快，我马上架不住了。"岱丰扶着百灵跟跟跄跄地下了车，差点摔个狗吃屎。

"你就不能等我下来再扶，急个什么劲儿。"老杨一个快步走过来，架住百灵。

"也就是这个点没人遛弯了，不然铁定得把咱俩放倒，换谁来看咱俩都跟采花贼似的。"老杨抹了抹额头上的汗。

"那是你，别扯我身上，你生得一脸猥琐，旁人看你像贼正常。我这光明伟岸的，根本不搭边。"

好不容易上了电梯，岱丰感觉自己身子都要散架了。

"看着挺瘦一姑娘，咋这么难扛。"老杨额头上还在冒汗珠。

"老杨，没事少操练自己，省着点，生活得节制。你看你虚的。"岱丰不知道怎么着，就搂住了百灵，让她整个人靠着自己。

好自为之

"你丫说话倒是不腰疼，扶着的时候百灵的重心全在我这儿了，我不累谁累。"

好不容易进了家门，把百灵放倒在卧室床上后，岱丰和老杨都瘫倒在客厅沙发上，好像整个人的灵魂和肉体剥离开了。

"看一眼没啥事就走吧。"岱丰龇牙咧嘴地站起身，摇摇晃晃地走进卧室。

原本摆正的睡姿，此刻又变得歪七扭八。百灵紧闭着眼，嘴好像微张着，似乎在说些什么。

岱丰凑上前去，竖起耳朵仔细听，百灵默念的不是其他，正是自己的名字。

"岱，岱丰，你别走，别，别走。"

岱丰仔细看了看，确信百灵是真的睡着了，不是在演戏。他看着百灵的样子，突然觉得鼻头有点酸。

岱丰叹了一口气，慢慢地挪动百灵的身体，将她睡姿摆正，重新盖好夏凉被。反复确认没有其他问题后，他走到卧室灯开关的位置，又回过头看了一眼，关上灯，然后出去关上了门。

"怎么样?"老杨依旧瘫在沙发上，像团橡皮泥。

"没什么事，睡得挺香。我们回去吧。"岱丰说。

"行，走吧，代驾还在楼下等着呢。"老杨用手撑着沙发，挣扎着站了起来。

岱丰掏出手机看了眼时间，此刻已是深夜。其实岱丰看时间是假，看微信是真。

莎莎并没有给他发微信报平安。不过岱丰并不担心她的安全，因为先前在车上的时候，岱丰看到了莎莎发的朋友圈。

岱丰想到了王家卫电影《阿飞正传》里的那段经典台词："我听别人说这世界上有一种鸟是没有脚的，它只能够一直地飞呀飞呀，飞累了就在风里面睡觉，这种鸟一辈子只能下地一次，那一次就是它死亡的时候。"

"发什么呆呢，赶紧走啊。"老杨拍了下岱丰。

"走走走。"岱丰把手机放回兜里，轻叹了口气。

两个人蹑手蹑脚地走到门前，轻轻拧开门把手，再悄悄走出去，轻轻关上屋门。

两个人的动作都非常轻，轻得就像卧室里百灵的哭声一样，让人几乎听不到声音。

漾club

好自为之

三年前的酒

"岱丰，我想去酒吧。"

"岱丰啊，我们什么时候去酒吧？"

"岱丰，这周我们去酒吧吗？"

岱丰被老杨的定期追问搞得头都大了，尽管每次岱丰都能抛出另一个话题来进行引转，但老杨仿佛给这个问题设置了定时推送，总能隔三岔五地把这句话推送到岱丰的聊天框内。

岱丰着实烦了，但又不能直接骂他。毕竟海口是自己夸下的，每每想起，岱丰都后悔不已，为何自己会在那晚酒醉后紧攥着老杨的手，深情地安抚着被KTV公主恶语相向的老杨。

"老杨，你一点儿也不丑，是她们不懂事。改天，改天兄弟带你去酒吧，老杨，那里会是你享乐的战场。"

老杨也紧攥着岱丰的手，说："好兄弟，一被子。"

当晚，喝得酩酊大醉的两人瘫倒在酒店的床上，确实是盖了一床被子，而当第二天酒醒时，发现被子上被烟头烧出了三个洞。

老杨大手一挥："岱丰，好兄弟，一人做事一人当，这钱你就掏了吧。"

岱丰也大手一挥："老杨不用你多说，都是兄弟，谁还不了解谁。今儿这钱你要是能出，我把马桶水当可乐喝。"

好自为之

岱丰瘫坐在办公椅上，呆望着手机出了神。

老杨的聊天框就在屏幕上，夺命追问像暴雨梨花针，扎进了岱丰的心窝。

"岱丰，你手机没网了吗?"

"岱丰，百灵说今晚去漾club，你知道在哪儿吗?"

"岱丰，定好了，晚上九点漾club，你今天别泡姐了，陪哥哥去散散心。"

岱丰瞪大了眼，看着老杨在两分钟内，从发问到落实行动，一气呵成。

"我答应了吗?"岱丰一遍遍滑动着手机屏幕，看聊天框里自己有没有在恍惚间发了什么让老杨去敲定时间的东西。

然而，一个字都没有。老杨就像在演独角戏一样，一个人盘活了全局。

其实和老杨去个酒吧倒没什么，最多出点血，把带妹子吃吃喝喝的钱匀给老杨一些。主要是，今晚有百灵。

岱丰也不知道是老杨有意为之，还是百灵自己设的局。总而言之，今晚这个场是逃不掉了。

自上次百灵酒醉后，今晚是第一次再相遇。岱丰心里多少有些忐忑，其实他知道百灵是表面大大咧咧的性子，内心像个孩子一样脆弱，但要强的百灵从不展现出自己柔弱的一面，至少在岱丰面前是这样，树立的一直是女汉子形象，以兄弟的属性来和岱丰相处。

倘若不是有次老杨喝多了，嘴上没把住门，搂着岱丰的肩膀一字一句地说出了百灵一直暗恋着你的事实，岱丰现在也不会察觉百灵对自己的感情。

为什么我拿你当朋友，你却想泡我？

每每想到这个问题，岱丰就头痛。当然不是因为百灵差劲，哪儿哪儿都不行。老杨常常一脸匪夷所思地凑到岱丰身边，低声说："岱丰，百灵可真的不错啊。"老杨是老色狼，给出的评价一直是从身材长相出发。

岱丰也觉得百灵一点儿不差。可他觉得百灵和自己某些方面太像了，就像一个模子刻出来的。这一点着实让人恐慌，有些时候就像在和另一个自己打交道。

关于这点，岱丰也认真地和老杨探讨过，说是探讨有些不太严谨，因为只有岱丰一脸认真地在讨论这件事，老杨则依旧玩世不恭的痞相，觉得岱丰太矫情，最后下的定论是："岱丰，你得记住你是一北京爷们，利索点，别婆婆妈妈的一堆破事。我就觉得百灵挺好。"

岱丰只能翻白眼,指责老杨别站着说话不腰疼,你觉得百灵好你上啊。老杨则照旧耍无赖,声称单方面的欣赏是没有结果的,百灵眼里没我,只有你这个大猪蹄子。

九点这个时间有点尴尬,按常理来说,应该是刚好吃完晚饭的时间。但老杨个老狐狸定了九点,意思就比较明确,晚饭也顺带着一块吧。

老杨了解岱丰,如果直接告诉他晚上一起吃饭,然后去酒吧,岱丰会拒绝,觉得行程安排得太满当,他不喜欢这种衔接很紧密的安排;但只告诉岱丰九点泡吧,他就会自己去琢磨,那晚饭该怎么办。

果不其然,岱丰看着聊天框发了会儿呆,缓缓敲了几个字发出去。

"老杨,晚饭怎么解决?"

"买三份面条打包带去酒吧,边聊边端着吃。"

"去你的老杨。"

周五的夜晚,可能是一周故事最多的夜晚。疲于工作的人们从劳累中挣脱出来,在车水马龙中迎接来之不易的休息。

也可能是最疯狂的夜晚,终于得以从工作中抽身,人们总想彻底放纵下自己，让整个紧绷的神经得以松弛，状态慢慢舒缓开来。

岱丰每次遇到堵车时，从来不烦躁，他喜欢打开车窗，观察周边人群的神情动态。这是件有趣的事情，人的情绪总会不经意地流淌在脸颊上，喜怒哀乐各不相同。这一张张行走中的面孔，就是这座城市的情绪脉络。

"小岱比，到哪儿了？哪回都得等你，你出门是得补个妆怎么着？"

百灵发的微信语音，声音铿锵有力，即便这样，也没能遮掩掉一旁老杨没良心的偷笑。

岱丰挠了挠头，谁让自己地理位置绝佳，开车出了地下停车场，又来到露天停车场。岱丰觉得这条道安排仨交警都不为过，实在是太堵了。

"百灵啊，你告诉老杨那孙子，丫别幸灾乐祸地偷笑，等会儿见着了我非得灌他。"岱丰拿起手机，给百灵回了条语音。

岱丰有时真觉得，老杨、百灵和自己，三个人如果能一直做朋友就很好，大家都很合拍。然而一旦出现情感问题，就会让原本稳固的三角结构变得松散，甚至岌岌可危。虽然自己没有必要去逃避，但自从得知百灵对自己埋藏在内心深处的爱后，岱丰总是会下意识地回避有关百灵的事情。

每每想到这，岱丰就不得不骂老杨，成事不足败事有余，每次都帮着百灵来骗自己。老杨觉得这是好事，出于好心是没错，但对岱丰而言，心里总觉得不舒坦。

"嘀！嘀嘀！嘀！"

车后的鸣笛把岱丰从沉思中拉了回来，他赶紧驱车行进，向着老杨和百灵所在的饭馆出发。

"小岱比，你说不是故意的我都不信。每次跟你吃顿饭，都得等你四五十分钟，摆谱呢！"百灵一上来就不给岱丰好脸色。

"你听他说路上堵，指不定在哪个办公室里跟上次那个女同事莎什么玩意儿一块玩游戏呢。"老杨边嗑着瓜子边拱火。

岱丰把手里的餐巾纸团成球，朝老杨砸过去。老杨也意识到好像说错话了，暗悄悄地斜看了眼百灵，看她仍微笑面对，心里踏实了许多。

"你那个莎莎不错啊，要什么有什么，跟你挺合适。"百灵从老杨手里抢来一把瓜子，也嗑了起来。

"你知道什么就般配，别瞎说，就普通同事，没别的关系。"岱丰琢磨着，真是哪壶不开提哪壶，老杨什么时候能在脑袋里装个货真价实的脑子。

"我真觉得挺好的，人长得好看又会来事儿，而且酒量也大。"百灵边说边竖起大拇指。

"这个没错，酒量是真的顶呱呱，人家认真起来放倒我都没问题。"

"你这垃圾酒量就别硬凑了，老杨你连我这关都过不去。"百灵拍了拍老杨的肩膀。

"百灵，你这就是瞎吹了，不说别的，就那天那几瓶啤……"老杨话没说完，被岱丰在桌下踢了一脚给打断了。

"啤什么，你接着说啊，卡带了还是没电了？"百灵饶有兴致地看着老杨。

"就那几瓶啤酒，我分分钟就倒了。"老杨心虚地瞟了岱丰一眼。

"你知道就行，对自己的定位一定要清晰。"百灵身前的瓜子壳堆成一个小山。

"漾 club 怎么样，是不是蹦跳的妹子特别多。"老杨期待地搓搓手。

"一个都没有，纯喝酒聊天的。"岱丰的话直接劈碎了老杨的憧憬。

好自为之

"啥？那还去个蛋！饭馆是喝不开你们还是聊不开你们，非得跑那儿去。"老杨觉得自己被戏弄了。

"老杨，你得提升点自己的品位。这环境能一样吗？再说了，没有蹦跳的不代表没有美女，我还真跟你说，老杨你去了保证不后悔。"岱丰太喜欢看老杨气急败坏的样子了。

"拉倒吧，合着我期待了半天，就整了个小酒馆。岱丰，这可跟你上次给我说的效果不一样啊，比卖家秀买家秀都过分。都是兄弟，一定得实在啊。"老杨拿筷子指着岱丰，嘴里振振有词。

"可别说我啊，跟我没一点儿关系。这可是百灵定的地儿，我就是跟着指哪儿打哪儿，我没有参与决策哈。"岱丰举起双手，作投降状。

"你们俩要是想去泡妞就去呗，你们男人啊就是没一个好东西，就喜欢看低胸露大腿的姑娘在那儿哐哐地蹦。"百灵一脸鄙夷。

"百灵你这话说得就不对，什么低胸大白腿的我老杨也不感兴趣，主要是想感受下年轻人的氛围。听说这种年轻的沉浸感，可以冻龄，我平时也买不起什么保养品，试试这个效果怎么样。"

"老杨你就别装了，坦然面对自己是老色狼的事实有这么难吗?"岱丰也开启了讥讽模式。

三年前的酒

"行，两口子合起来欺负人呗，反正就是不讲理。"老杨从服务员手里接过菜，摆在桌上。

"岱丰说的还真对，那里好看的姑娘确实不少。"百灵第一个动筷子。

"嚯，这孙子是谁啊，全北京哪儿的姑娘最正，给丫蒙上眼，他也能给你带路找着地方。狗鼻子灵着呢。"老杨拿起筷子紧随其后。

"老杨，好好说话，别人身攻击啊，保持友好交流。"岱丰本想夹菜的筷子悬在半空，指向老杨。

"百灵你也去过啊。"岱丰边被烫得直哈气，边说。

"你忘了我之前在那儿驻唱?"百灵的灵魂拷问，让全场回归了沉寂。

是啊，怎么就忘了呢? 岱丰无奈地直摇头。

其实这事一辈子也忘不了。

三年前的某天晚上，具体是哪天，岱丰记不得了。那天雨下得特别大，因工作烦心的岱丰一个人来到漾club，坐在一角的桌边发呆。那天也是巧，按理说百灵应该在岱丰到来之前就演唱结束，两人不会有交集。但百灵因为有事耽误，再加上大雨堵车，晚来了两个小时。

所以岱丰刚坐下的时候，百灵也正在准备演唱前的调试。

因为这一天大雨，酒馆里人影稀疏。除去酒保外，寥寥几人。

百灵像往常一样，上台先给大家打个招呼问好，目光慢慢扫视全场。起初她也没有注意到岱丰，毕竟对她来说，除非台下坐着偶像，否则谁来都只是单纯的消费者。

而岱丰也没有被百灵所吸引，毕竟对他而言，除非台上站着偶像，否则谁来都是单纯卖唱的。

把两人串联起来的，是一首百灵特意为雨天加的歌曲。时逢六月，又刚好下着雨，百灵便用一首《六月的雨》来为今天的演出作收尾。

当音乐响起的时候，岱丰身子轻微震了一下，他没想到现在还会有人唱这首歌。这首歌承载了太多回忆，有关青春和爱情，都浇灌在这首歌里。

所以当百灵开始唱的时候，岱丰瞬间被吸引了，目光再也没有离开。百灵渐渐地也察觉到，始终有人注视着自己，但她并没有惊慌，毕竟在台上她也算是习惯了。

一如往常，百灵唱罢后鞠躬感谢，收拾乐器设备准备离开。她

三年前的酒

刚走下演出台，岱丰已经在那儿站着等候。

"方便请你喝一杯吗？"

百灵看着眼前的这个男人，竟有些犹豫，以前自己可都是果断拒绝的。

一旁的键盘手和吉他、贝斯手见状，识趣地快步离开，把空间留给二人。

"喝什么？"百灵饶有兴致地看着岱丰。

"喝你爱喝的。"岱丰耸耸肩，表现得很轻松。

"好啊，我爱喝82年的拉菲。"百灵决定测试下眼前的他。

"没问题，尽管坐下就是了。别说82年，28年的我也能给你倒进酒杯里。"岱丰做出了请的手势，示意女士优先。

百灵觉得挺有意思，笑了笑，找个空桌坐下了。

这个时候，酒馆里的人已经不多了。除去他们俩和酒保外，还有三四个人坐着。

"你管这个叫82年的拉菲？"百灵看着岱丰手上的一瓶普通红酒，提出了质疑。

"对啊，相信我，没问题。"岱丰笑着给百灵倒上。

"你也太糊弄了吧，觉得姑娘都是高中刚毕业的，那么好骗吗？"百灵边说边跷起二郎腿。

"那我可不敢，您这看着就是高级知识分子，借给我俩胆儿也不敢糊弄您啊。"岱丰依旧面带着笑。

"我看你倒是挺敢的。跟姑娘搭讪一点儿没含糊，老手了吧。"

"老吗？不老吧，我觉得还挺嫩的。"岱丰把手伸到百灵面前，让她看看。

"挺老的，你这手搁锅里就算小火煎一分钟，也就七成熟。"百灵端起酒杯抿了一口。

"您这就不地道了，咱能不能做到有一说一，诚实守信。"岱丰的目光没从百灵脸上移开过。

"哟，您还有脸提这茬呢。说好的82年拉菲呢，您这倒的是什么。"百灵边说边晃了晃手里的酒杯。

"我给你解释解释，你就明白了。"岱丰放下酒杯，身子往前凑了凑。

"小时候啊，我家里穷，算勉强能揭开锅的那种。但我们院里那几个小孩呢，家境都比我好不少，时不时地手里拿着玻璃瓶装的汽水，在院里边喝边晃荡。我看着馋啊，就哭天喊地地跟我妈说我也要喝，但当时家里苦，哪有闲钱买这个。我妈就用锅熬糖水，用瓷杯盛着，告诉我说，只要你心里默念一百遍，那你喝的，就是你所默念的那个东西。"岱丰顿了顿，"我一开始不信，以为我妈就知道骗我，但还是抱着试试看的态度去做了。结果你还真别说，味儿真出来了。"

百灵用手托着腮，眼里隐隐约约有些泪花。

"怎么回事，我可没欺负你啊。"岱丰有些惊慌失措。

"你知道吗，我小时候也这样。"百灵吸了吸鼻子，边笑边擦拭眼角的泪珠。

"同是天涯沦落人，相逢何必曾相识。"岱丰举起酒杯，示意碰一下。

"行，看在都有着悲惨童年的分上，走一个。对了，大家都叫我百灵，你呢？"

"我啊，叫我岱丰就行。"

双方轻轻碰了下杯子，然后抿了一口。

"现在感觉怎么样，是不是味道不一样了。"岱丰看着百灵。

"味道是有点变了，但变没变到82年拉菲那味儿我就不清楚了，毕竟咱也没喝过啊。"百灵笑着说。

"等我下周的大乐透中了，我给你开一箱。"

"拉倒吧，你还是省下那两块钱坐公交吧。"

"瞧不起人了啊，我好歹也是有车。"

"有车也别骑了，脚镫子费腿。"

那晚两人聊了很久，相谈甚欢。所营造出的感觉不像是两个初识的陌生人，更像是老友小聚。

渐渐地，整个酒馆里只剩下他们两人，还有在吧台前擦拭杯子的酒保。

"你醉了。"岱丰摇晃着指着百灵。

"你丫才醉了，你看你晃得跟地震了似的，还有脸说别人。"百灵也指着岱丰。

"就是你醉了，坦然面对自己不好吗。"岱丰感觉天地有些旋转。

"你这人可真王八蛋，自己一身臊，还得尿别人身上。醉了就醉了，姐告诉你，输给我不丢人，知道吗？没关系，人的成长就是学着接受自己的无能。"百灵拍了拍岱丰的肩膀。

"你，你少来。谁尿你身上了？一大姑娘家，说话这么粗鲁，以后怎么找婆家。"岱丰说话开始有点结巴。

"你人长这么点儿大，操的心倒是不少。老娘我的事儿要你管？

我告诉你，追老娘的人多了，从王府井能排到通州。"百灵的双手
一直比画着。

"百灵，你喝得有点多了。"酒保慢慢走过来，想扶着百灵的肩
膀，却被一把推开。

"伍元，你，你起开。谁多了，谁多了？你，你才多了，你全
家都多了。"百灵有些摇晃，吐词有些不清晰。

这个叫伍元的酒保皱了下眉头，左掌撑在百灵的身后，生怕她
有什么闪失。

"小，伍元，她喝多了，她真的喝多了。你，你送送你这个同
事，她不太行了。"岱丰拍了拍伍元的肩膀。

"岱丰，我可去你大爷的，你，你有种再来跟我，吹，吹一
瓶，看老娘喝不死你。"

百灵还是不依不饶，人可以倒，排面不能输。

"百灵，你真的不能再喝了。"伍元轻轻拽住百灵的衣袖。

"听，听你同事的，赶紧回家歇着吧。大哥，大哥准备走了。"
岱丰摸出手机，打算叫个代驾来送自己回家。

"百灵，百灵。"伍元轻声呼喊着，百灵好像靠在自己的肩膀边
睡着了。

好自为之

"你看，就是喝多了嘛，还不承认。"岱丰嬉皮笑脸的，不过一看伍元面色不太对，也收起了笑容。

"哎，那天晚上你怎么回去的？"岱丰突然抬起头，冷不丁地问了句。

"哪天晚上？"老杨有点不明就里，"你俩开始偷情了？"

"偷你个头，我第一次见百灵的时候。俩人都喝得有点高，我叫个代驾回去了，忘了她怎么走的。"岱丰觉得有必要把这事解释清楚。

"伍元啊，伍元送的我。"百灵撇了撇嘴，"自己走了，还管别人干吗，假惺惺的。"

"没出什么事吧？"岱丰试探地问。

"能出什么事儿？你以为男的都跟你俩似的，睾丸长在脖子上。真要这样，那世界就完犊子了，地球直接毁灭吧。"百灵翻了翻白眼。

"你看这孩子话说的，怎么让人不舒服怎么来。"老杨有点急了。

"吃饱了吗？我让人给我留的桌，说九点到，没多少时间了。"百灵看了看时间，已经八点四十分了。

"饱了饱了，垫一口就行，留着肚子喝酒呢。"老杨拍了下桌子站起来，他似乎忘了要去的酒馆和自己起初的幻想相差甚远。

"你吃饱了吗?"百灵没好气地问岱丰。

"饱了,不信你摸摸。"岱丰边说边要撩起衣服来。

"滚滚滚,臭流氓,什么德行!"百灵一脸嫌弃。

"岱丰你这就过分了,我这身材都还没亮呢,你就别显摆了。"老杨拍了拍自己的肚皮,硬是拍出了架子鼓的感觉。

"走吧少爷,回头座位让人给抢了,我可不担责啊。"百灵起身挎上包,示意出发。

三个人,两辆车。百灵没开,岱丰和老杨一人一辆。

怎么坐,又是眼下比较尴尬的问题。岱丰很怕老杨率先发难,说自己开车走。但又不好意思说你们俩一个车吧,我自己走。生怕哪句话说得不合适,又伤了百灵的心。

"怎么走啊?"岱丰慵懒地问了句。

"老杨你跟他吧,我开你的车。"百灵冷冷地回了一句。

"不是,车和老婆恕不外借,这事你是知……"

"哪这么多废话,车钥匙给我。"百灵一句废话也不多说,直接把手伸进老杨的兜里,把钥匙摸了出来。

"百灵,你这得亏摸得准,万一摸错了,你说这事儿怎么算!"老杨气得直跺脚。

好自为之

"行了老杨，你就那么点儿大，让人百灵摸十次也摸不错。"岱丰看热闹不嫌事儿大。

老杨狠狠瞪了岱丰一眼，但碍于还得坐他的车，敢怒不敢言，只能在一边气得干瞪眼。

"岱丰，我都不敢信你俩的话了，那酒馆里到底有没有漂亮妞？兄弟最近对爱情的期盼空前强烈，你可得给我多添柴啊。"老杨坐在副驾上，还不忘推销自己。

"老杨，我亲爱的爱情专家，咱上次吃的亏还不够大吗？别老盯着人漂亮的，没事儿也多照照镜子，正确认识一下自己。人漂亮好看的凭什么瞧得上你，你有钱吗？没有，这半年多了，哪次饭钱你主动豪爽地掏过，让你扫个码比扫大街都难。你帅吗？老杨你先别说话，就按公道地说，你这副面孔要是挨得上帅，那这街上，看着了吗，就这公园街上，男的有几个算几个，都能原地组成偶像男团。所以说，端正态度，认清定位，很重要。"

岱丰一边盯着倒车影像磨方向盘，一边语重心长地给老杨上课。

"小岱，你上这么多年学了，你见过哪个学生能在课堂上把老师教给自己的知识，再原封不动地还给老师？你这人真有意思，我之前给你说这些，是让你摆好位置，别瞎玩了，收收心，珍惜眼前人，明白吗？非要我把话说这么透彻，百灵就不错，抓点紧吧。别惦记着那个什么莎莎，我都说多少遍了，你搞不定。"

老杨的口吻也变得严肃起来。

"老杨，这事儿咱俩也说过很多次了。我跟百灵真的不合适，我知道你的意思，也明白你是一番好意。我俩刚认识那会儿确实彼此都有点这个意向，但后来认识越深，越觉得做朋友更适合。老杨你知道吗，我和她太像了，童年、家庭和性格，很多时候我都恍惚觉得百灵是我，而我是自己脱壳的灵魂，在一边看着自己。这种感觉多恐怖啊。"岱丰叹了口气。

百灵开车在前，岱丰在后面保持一定距离跟着。

"你现在还没尝到什么苦头，等哪天你因为什么事儿栽了，就明白了，身边能有个懂自己的异性，是多么重要。有一样的童年、家庭和性格怎么了，我觉得这很好啊，更容易产生共情，彼此都能感受到对方感情的消耗和情绪起伏。我觉得你有些时候把事情想得太悲观，说真的，没必要。"老杨想在车里点支烟，被岱丰制止了。

"你这就属于站着说话不腰疼，只看到表面，感受不到深层。你说的这些都对，但凡事不可能只有好的一面，它坏的一面也同样锋利。我和百灵就很少有互补，万一那个劲儿上来了，谁都不让谁，怎么办？打电话给你，让你来当和事佬？一次两次行，但老杨你又不是住我家，对吧？"岱丰打开半扇车窗，吹吹风。

"我没有站着说话不腰疼，我这也是替你考虑。岱丰，你确实该收收心了，别总把心思放在有的没的身上，多看看眼前人。我虽然刚翻了车，但那也是想图一时之快，着了心魔。但在这件事上，我作为过来人，是绝对有发言权的，你听哥哥的准没错。"老杨转过头看着岱丰，发现他一脸凝重。

"先不说这事了，到了。"岱丰把车停在百灵的旁边，招呼着老杨下车，"今晚的主题是喝酒，待会儿你可别再拿我和百灵硬撮了。"岱丰不放心，再给老杨下发一次警告。

"行行行，知道了，你这人真是烦。"老杨骂骂咧咧地拉开车门，下了车。

"你看这酒馆造型，铁定不是浪的。这百灵也真是，我那么清楚地表达诉求了，她这是一个标点符号也没听。"老杨嘴里依旧骂骂咧咧的。

"说谁呢，又说谁呢。"百灵这顺风耳，很是好使。

"我说这酒馆，造型设计挺好的，有范儿。一看老板就是有品位的人。"老杨立马变得嬉皮笑脸。

"我信你个鬼。"百灵白了老杨一眼，走向前带路，拉开酒馆的木门。

今天酒馆里人很多，看起来很是热闹。巧合的是，驻唱似乎刚热场结束，准备开始正式演出。

"来得早不如来得巧。"岱丰不禁打了个响指。

"百灵，来了。"酒保伍元离老远就主动打招呼，紧接着看到了跟在百灵身后的岱丰，皱了下眉头。

"来了，座儿还在吗?"百灵一个胳膊压在吧台上，倚靠着大理石的台面。

"在，我一直给你留着。"伍元用白布不停擦拭着酒杯。

"来，我给你介绍下，岱丰，你之前见过了，也算认识。"百灵用手指了指岱丰。

伍元看着岱丰，硬挤出一丝笑容，笑得特别假。

"这老杨，你应该面熟，这哥们第一次来，就想着搭小妹妹。今天阿倩她们来了么，来的话给他介绍介绍。"百灵拍了拍伍元的肩膀，示意给老杨开开小灶。

老杨乐得跟屁打了似的，合不拢嘴。

"今儿她们学校有晚会演出，没来。"伍元笑着说。

不到一分钟，老杨又跟霜打了的茄子似的，蔫得不行。

"甭给他牵线搭桥的，让丫自食其力，自给自足，自我灭亡。"岱丰笑着说。

伍元低下头擦酒杯，装作没有听见。

"走吧，开喝。"百灵从吧台边上直起身子，挥了挥手，颇有大姐大的气场。

"真的是，饭馆喝不开你们，非跑到这么个鬼地方，活生生的资本主义嘴脸。"老杨又开始嘀嘀咕咕。

"老杨你可闭嘴吧，今儿你又不出一分钱，还在这儿叨叨，有点烦了啊。"岱丰最烦老杨这一分钱不出还使不完的吝啬劲儿。

"就是，你又不出钱，在这说个啥，只管喝就行了。"百灵把酒瓶杵到老杨面前。

"我这不是心疼钱嘛，你俩的钱那也是钱，对吧，也是挣来的。"老杨还一脸委屈。

"行了行了，甭在这儿演苦情戏了，赶紧倒杯子里喝酒。咱来这儿不是拍微电影的，喝酒，主题就是喝酒。"岱丰催促老杨别磨叽，赶紧满上。

三年前的酒

"第一杯，感谢百灵！感谢百灵同志啊，百忙之中抽出时间，请大家喝酒。"岱丰高举着酒杯，发表祝酒词。

"等等。"百灵赶紧叫暂停，"哪路神仙说的，今晚这酒我请？不是小岱比你请的嘛。"百灵朝着岱丰挑眉。

"百灵，百灵哈，别挤眉弄眼的。你让老杨通知的我，我是被通知的，又不是活动主办方、决策者。这绕一圈，酒我来请，有点不合适了。"岱丰感觉今晚入了狼窝。

"老杨，你发表下意见。"百灵熟练地把球踢给了老杨。

"啊，什么意思，一口啤酒沫都没进嘴呢，就开始因为账单问题引起纷争了吗？记得大家最开始的时候不是这样的啊，我们纯真如雪的友谊呢，怎么就给染黑了呢？"球到了老杨脚下，光脚的老杨滑倒了。

"小岱比三番五次地迟到，我觉得一顿便饭的饭钱不足以平民愤，加上这顿酒差不多。"百灵笑着说。

"我觉得，"老杨瞟了岱丰一眼，又瞟了眼百灵，"我觉得只要不让我掏，你俩谁来，差别都不大，酒喝起来都挺香的。"

"百灵瞧见了吗，这就是你引以为傲并肩作战的战友，就这缺德劲儿，你跟他一块不嫌臊啊。"岱丰的手举得有点酸了。

好自为之

"先喝吧，先喝吧，结账这事儿最后再论。"百灵示意大家碰杯开喝。

"这酒口感还真挺好。"老杨拿起酒瓶，眯着眼看，想知道这是什么酒。

"你这话说得跟放屁一样，你饭店里喝的雪花，6块一瓶，这个，60，能一样吗？"百灵白了老杨一眼。

"这酒60一瓶！"老杨没忍住喊出了声，酒馆里半数的人都扭过头来看着他。

"你喊什么喊，能不能别丢人！"岱丰真是让老杨给气死了。

"真的假的。我一时没忍住，不好意思，不好意思。"老杨欠着身，两手悬空，低声向岱丰和百灵道歉。

"老杨，有点出息行吗，60，又不是600。"百灵一直在翻白眼。

"好好好，怪我。"老杨的认错态度很诚恳。

驻唱已经开始表演，唱的歌岱丰没有听过。

"唱的什么啊，连你一半水平都没有。"岱丰边喝边说。

"谁知道呢，我也没听过。"百灵转过身，看着台上深情演唱的女人。

"老杨你听过吗？"岱丰问完就后悔了，这事儿问他，问了也是白问。

"没有，完全没听过。百灵，这店里有猪头肉吗，给我整一盘。"老杨用手抹了抹嘴角的啤酒沫。

"有你个头！还猪头肉，你怎么不点酱肘子呢！"岱丰实在气不过，照着老杨的头上轻拍了一巴掌。

"怎么还打人呢，这么好的酒，不配点下酒菜多可惜啊。"老杨也有些气不过。

"老杨，以后出门别说认识我百灵，去酒吧酒馆里买完酒，就跟吧台服务员点一盘猪头肉，人要是问你，就说是跟岱丰混的。"百灵边说边直摇头。

"你看你看，都开始瞧不起人了是吧，在这儿冷嘲热讽谁呢！"老杨气得想拍桌子。

"没有没有，杨总误会了，我们没有。"岱丰赶紧起身给老杨倒酒，生怕等会儿这大哥又整出什么幺蛾子。

"这还没有？就差拿屎盆子扣我头上当安全帽了。"老杨愤愤不平，气得一杯酒直接给闷了。

在稀稀拉拉的掌声里，驻唱唱完了两首歌，准备唱第三首。

"这人确实唱得不行，没你三分之一的水平。"岱丰又感慨了一下。

"行了，别拍了，拍得我屁股疼。"百灵嘴上不饶人，但还是沾沾自喜的。

"开始不识好歹了。"岱丰倒满酒，跟百灵走了一个。

"哎，"老杨趁百灵看驻唱演出的工夫，用胳膊肘轻捣了下岱丰，"你看那个酒保，眼睛自始至终就没从百灵身上挪开过。"

"是吗？我还真没注意。"岱丰慢慢把目光挪过去。

"是啊，我都看大半天了，确定侦察无误后才给你报的信。"老杨声音压得特别低。

"你俩在嘀咕什么呢，有什么话不能让我听见。"百灵看见两人鬼鬼祟祟地交头接耳，心生疑惑。

"没啥没啥，就讨论讨论驻唱的身材，觉得她跟你比真的是全方位溃败。"岱丰脑子转得快，立马打个圆场。

"喊，俩流氓。"百灵端起酒杯，一饮而尽。

"百灵，你跟伍元是怎么认识的啊？"岱丰突然抛出这么一个问题。

"就同事啊，还能怎么认识。你跟莎莎怎么认识的？"百灵也不含糊，直接一个反问。

三年前的酒

"我，也对，我犯傻了。"岱丰认栽，出师不利。

"正常，你这也不是一天两天了。"百灵在手里转着酒杯。

"要不喊你朋友一起?"老杨提议。

"别了吧，人家得工作呢，又不是跟咱们似的大闲人。"百灵有些警觉起来，"你俩突然提他干吗?"

"没事啊，就是觉得人帮着给留座了，不喊着一块喝点是不是不太合适。"

"这有什么合不合适的，都自家兄弟，论这么清楚就见外了。"百灵新开了一瓶，索性不倒杯子里了，直接用瓶喝。

"这么猛?"老杨看得有些愣神。

"没必要吧百灵，慢慢来，又不着急。"岱丰也有点忧。

"你们用酒杯喝吧，我就用瓶，挺好的。"百灵抹了抹嘴，感觉回味无穷。

"你都这样了，我们俩老爷们再用杯子，脸往哪儿放啊。"老杨先把杯里的酒清了，然后把杯子推一边，也开始直接使瓶子。

"行，那就放开了来吧。"岱丰紧随其后。

"要不要加点冰块?"伍元不知道什么时候走到了桌边。

"不用了不用了。"百灵摆了摆手。

好自为之

"我来点。"老杨把杯子递过去，又想起来这个工具已经淘汰了，收回来想把啤酒瓶递过去，看了下瓶口，好像冰块也塞不进去，索性摆手也不要了。

"你呢?"伍元冷冰冰地问岱丰。

"我也不用。"岱丰摆了摆手。

"少喝点。"伍元轻声地对百灵说。

"行，我知道，忙你的去吧。"百灵示意他快走。

伍元咬了下嘴唇，拿起冰桶走了。

"等会儿我万一喝多了，你们俩谁送我一下，别再麻烦他了。"等伍元走远，百灵冷不丁地冒出这么一句。

"上回是不是真出什么事了?"岱丰还是有些不放心，生怕伍元那家伙干出什么伤天害理的事儿来。

"没有，我都说了没有，还问。我就单纯地不想麻烦人家，懂吗?"

"行，那让老杨送你。"岱丰这次抢先说。

"谁都行，无所谓。"百灵举起酒瓶，一股脑儿喝了儿大口。"真爽!"百灵喝酒的架势让岱丰和老杨战栗不已。

"你俩能不能行，跟上进度啊。"百灵又放下一空瓶。

"少奶奶，这才多会儿，你已经三瓶下去了。"老杨也被吓住了。

"喊，这才哪到哪，你们给点力，接着来。"百灵边说边给自己又开了一瓶。

"百灵，悠着点喝，别这么急。"岱丰想攥住百灵的酒瓶，但瓶身实在太滑了，抓不住。

"悠什么悠，我生气。"百灵把酒瓶放在离自己很近的位置，"天天一口一个好朋友，都记不得今天什么日子。"

"今儿什么日子?"老杨一脸疑惑地看着岱丰。

"我也不知道啊，什么日子?"岱丰带着老杨和自己的疑惑，去问百灵。

"真是混蛋。"百灵边说边摇头，"今天是我跟你个狗日的认识三周年的日子，那天咱俩就是在这个酒馆的这个桌，拼酒到凌晨。你肯定记不得了，狗东西。"百灵说罢，拿起酒瓶就开始仰脖子，几秒钟工夫，小半瓶没了。

"你这有点过分了啊，这事都没点印象。"老杨悄悄跟岱丰说。

"我……"岱丰有些不知该说什么，他真记不得是今天了，而且百灵还订了相同的座位，真是……岱丰越想越头大。

"算了，也不是什么大事。来，喝酒，老杨你也给点力，喝死他个狗日的。"百灵举起酒瓶，让老杨紧跟队伍。

"来来来，岱丰这事儿你得赔个罪，这瓶你必须干了。"老杨又开始当老好人。

"是我的错，没商量。"岱丰也认了，一点儿没反驳，"来，朋友们，走一个。"

"百灵，你别喝完，喝一点就成。百灵，哎呀，你这是干什么！"老杨眼看着百灵又把手里这瓶给干了，硬是拦不住。

岱丰看在眼里，痛在心里。他也不知道自己到底该不该心疼，是该继续装傻狠心下去，还是表现出自己的温柔。

岱丰刚要开口，伍元又不知什么时候出现在酒桌旁。"百灵，别喝了，我送你回家。"

"回什么家，不回。你赶紧忙你的事儿，老往这儿跑什么，回头再有人把酒给偷了。"百灵不停地摆手，让伍元快回去。

"别喝了，回家吧。"伍元站着没有动。

"你走啊！别管我！"百灵把酒瓶撂在桌上，声音说大不大，说小不小，和老杨刚才那一嗓子比起来差了很多，但还是引起了两三桌人的注目。

伍元没说话，看了看百灵，又看了看岱丰和老杨，转过身走了。

"百灵，我也觉得差不多了，别再喝了。"老杨难得声音温柔一次。

"差多着呢，你还真以为我不能喝啊，看我，给你表演吹瓶。"百灵新开了一瓶，还没等岱丰和老杨缓过神，瓶口已经贴在嘴唇上好几秒了。

"百灵，我的少奶奶，别喝了!"老杨想伸手去夺，百灵直接闪过身去，继续完成吹瓶的进程。

岱丰没有动，他知道自己动了也没用，因为了解百灵的倔脾气，和自己一样。岱丰看了看吧台，伍元果然一直看着这边，发现岱丰在看向他时，和岱丰目光有了短暂的对撞，低下头去。

"百灵，我的灵儿啊。"老杨把空瓶子挪到一边，用手拽了拽百灵的衣袖。

"老杨你注意下措辞，百灵就喝个酒，又不是喝农药了。"岱丰就看不得老杨的小题大做。

"小，小岱比，信不信我，我给你喝农药，毒死你。"百灵此时已经在意识濒临模糊的边缘了。

"你看吧，人家要毒死你。"老杨一脸无可奈何的神情。

好自为之

"你看她还有工夫吗？"岱丰叹了口气，"还是按照上次来吧，老杨，一人架一边，把少奶奶送回去。"

"我来吧。"伍元总是神不知鬼不觉地出现。

"你小子练轻功了吗，怎么走路从来没有声音。"老杨被他吓了一跳。

"我来送她就好了，你们回去吧。"伍元的声音还是冷冰冰的。

百灵趴倒在桌子上，像极了岱丰大学时上毛概课的样子。

"你一个人能行吗？"老杨总感觉心里不是很踏实。

"没问题，三年前我就是这么送她的。"伍元转过头，看了岱丰一眼。

"问题是百灵这三年来胖了不少啊，你不能按照三年前的标准来衡量。"老杨说起话来就是没谱。

伍元没说话，只是狠狠瞪了老杨一眼，吓得老杨赶紧缩了脖子不敢再出声。

"你这……方便走吗？我看吧台就你一个人。"岱丰怕伍元这边走不开。

"没关系，喊朋友来帮忙了，他马上就到。"伍元慢慢拉起已经迷糊了的百灵，让她轻靠在自己身上，然后搀扶着慢慢行进。

"真的不用帮忙吗?"老杨还是有些不放心。

"不用。"伍元真是一个多余的字都不愿意说。

"你放心他吗,总觉得哪儿怪怪的。"老杨看着两人渐渐远去的背影,心里还是没底。

"老杨,我有时真觉得命运这事儿挺神奇的。三年前我和百灵就在这儿喝酒,三年后还是。但每次送她走的都不是我。"岱丰苦笑着摇头,"也不知道为什么,明明知道自己不能也不应该送她,但心里还是觉得有些难受。"

"你这就是贱,真的,贱。"老杨长叹了口气,"叫代驾回吧,喝个酒弄得我心情也挺差的,回家睡觉。"老杨摸出手机,一边叫代驾,一边向着大门走去。

"可能就真是贱吧。"岱丰摸了摸酒桌,脑海里的回忆和胃里的酒水一起在翻滚。

"百灵,对不起。"他默念道,说罢便去追赶老杨。

今晚酒馆格外地热闹,还有好多客人没有散去。但岱丰内心里的感觉,却比三年前的场景更加冷清。

他开始质疑自己,到底自己的选择是对还是错。或许,只能等时间交出正确答案吧。

漾
club

好自为之

第一次

第一次

"老杨，你最近忙什么呢？天天见不着人影。"

岱丰有些纳闷，老杨这儿天像被人拐卖了一样，突然销声匿迹。原本早上起来拉个屎也要找岱丰汇报干燥程度的老杨，这儿天却杳无音信，一条消息都没有发。

岱丰望着和老杨的聊天框，日期还停留在漾 club 喝酒后的一天。

这是怎么回事，老杨生我气了？

岱丰倚靠在办公室椅子上，有点丈二的和尚摸不着头脑。按理说，能让老杨失踪的事儿无非两个：一个是恋爱了，另一个是欠人钱跑路了。前者铁定没戏，就老杨最近这德行，但凡眼睛近视低于1300度的都不会找他。欠钱跑路也不太可能，老杨这寒酸劲，谁敢借他大数啊。

算了，还是给他拨个电话吧，别再真出点什么事儿。岱丰拿起手机，拨通了老杨的号。

"对不起，您所拨打的电话已关机，请……"岱丰挂了电话，眉头紧皱。

老杨到底在干什么？

"喂，百灵，忙什么呢？"岱丰给百灵打了电话。

好自为之

"有事儿说事儿，忙着。"百灵有点不耐烦。

"行行行，没别的事儿，就想问问你这几天跟老杨联系了吗?"

"你俩好得跟穿一条裤子似的，你问我联系了吗? 没有。你要是都找不着他，地球上没人能找着了。"百灵那边不知道在干吗，还挺吵的。

"那你知道他最近有什么事儿吗? 老杨这几天跟失踪了似的没消息，刚给他打电话提示关机，我担心别再有什么事儿。"

"这么大人了能出什么事儿，八成跟哪个女的旅游去了。先不说了，我这儿还忙着。"百灵不知在跟旁边的谁说话，岱丰也听不太清。

"这个老杨，能跑哪儿去?"岱丰看了眼时间，离下班还有一个多小时，"下班后去他家瞅瞅得了，那么大人了，也真是不省心。"岱丰放下手机，又倚靠在座椅上。

最近没听老杨提到什么姑娘，所以应该没有什么新的感情介入他的生活，也不会有什么合作生意的事儿，就老杨那把不住门的嘴，要有什么赚钱的门道出来，早满世界嚷嚷了。

岱丰越琢磨心越慌，感觉已经完全无法聚神在工作上。他起身推开办公室的门，四处张望，没发现什么可疑情况。

岱丰迅速回到屋里拿起包，火速逃离办公室现场。

第一次

如果这事在旁人看来，老杨好像是岱丰的女朋友。能让岱丰如此上心，联系不上就焦虑不安。

但对岱丰来说，兄弟情就是这样，平日里斗嘴是斗嘴，毕竟这么多年相处下来早就习惯了，彼此都明白对方没有丝毫恶意。也正因这么多年，更了解对方的脾气性格，摸清了彼此的生活习惯。

依照岱丰的了解，如果没有什么突发情况，老杨根本不可能几天都不发消息。这就像一个人突然好多天不解手一样，非同寻常。

所以岱丰会比较心急，生怕老杨出了什么不该出的事情。

"老杨，老杨！你开门啊！老杨！老杨老杨！"

岱丰来到老杨家门口，用手猛砸门。就这么拆迁似的砸了小一分钟，岱丰手都砸疼了，嗓子也喊沙哑了，门里什么动静都没有。

岱丰也越来越紧张，心脏快速跳动的声音仿佛就在耳边。

老杨该不会死家里了吧？可也没听说老杨有啥心脏病啊！情杀？能单挑老杨的女性应该都在省体育队训练吧。入室抢劫也不应该，毕竟都一样是抢劫，老杨这穷酸样，贼来了可能都得含着泪留下20块钱再走。

岱丰的脑子里一团乱麻，他想了无数种可能。在这些不同的可能里，只有一点是不变的：老杨已经挂了。

好自为之

"小伙子，你找谁啊，在这咚咚咚的？"

对面的住户开了门，从门缝里探出一张大姨的脸。

"不好意思大姨，我找我朋友，他就住在这儿，叫老杨。大姨你这两天见到他了吗？"

"喔，你找那孙子啊，不知道，有几天没见着了。你是他朋友？"

岱丰赔着笑说："是是是。"

"既然都是朋友，你回头也好好教教他做人的道理，就算事儿做不利落，话总能好好说吧。这孩子也不知道什么德行，说话特损人，我要不是看他岁数小，早喊我儿子来办他了！"

"是是是，给您添麻烦了，回头我找着他肯定好好教育，好好批评。当务之急不是得找着他嘛。"岱丰点头哈腰地赔不是，心里暗骂老杨，真是走到哪儿都得给他擦腚。

"又不是小孩了，还能跑丢了不成。指不定搂哪个姑娘去开房了，在这儿敲没用，去酒店寻摸寻摸吧。"大姨说完刚想关门，又跟想起来什么似的把动作停住了。"别敲了，再敲我就告你扰民。"大姨说完，就"哐当"一声把门给合上了。

"这都什么人！"岱丰嘴里嘀咕着，看来是误会老杨了，倘若自己住这大姨对面，估摸着也不肃静。

不过应该没死家里，不然铁定得有什么味道。

岱丰趴在门缝边上，用力嗅了嗅，好像没什么味道。不对，好像有点隐隐约约的臭味。

岱丰的心"咯噔"的一下有点紧，我的老杨啊！

岱丰又仔细嗅了嗅，这股臭味好像又有些熟悉，这让岱丰有些困惑，不应该啊，自己又从来没闻过尸臭的味道，但这股味怎么如此地似曾相识呢？岱丰再次吸了吸鼻子，这次他经过重组记忆里有关老杨的画面，外加对味道记忆的追溯，明白了这个气味的来源。

老杨的鞋柜就是靠门这儿放的！搞半天，岱丰趴这儿一直闻的是老杨的臭鞋。

岱丰又好气又好笑，就在他还沉浸在自己的这一愚蠢操作中时，对面的门又开了。大姨提着垃圾袋出来，看样子是要出去丢垃圾。

"小伙子，你这是在做什么?"大姨见岱丰趴在门缝边上，脸贴着铁门，像个狗在撒尿一样。

"啊，没事。"岱丰赶忙起身，拍打拍打身上的灰尘。

大姨一脸匪夷所思地盯着岱丰看了一阵，然后带着一脸匪夷所思的表情走了。

岱丰有些尴尬地挠了挠头，毕竟刚才的举止实属丢人，幸好自己不住在这栋楼，否则日后真是没脸见人。

"可老杨到底去哪儿了呢?"岱丰又掏出手机，拨通了老杨的号码。得到的回馈依旧是："您好，您所拨打的电话已关机。"

报警吧!

岱丰觉得不能再这么耽搁下去了，到时没什么事可能也会发展出事来，不如交托给人民警察，让他们来帮着找找老杨的行踪。

岱丰越想越觉得这个方法靠谱，毕竟城市这么大，单凭自己瞎找是不切合实际的。说做就做，岱丰立马按电梯下楼，前往就近的派出所。

岱丰第一次进派出所的门，他心里嘀咕，又给老杨献上了自己的某个第一次。

"请问有什么可以帮你?"派出所的民警看上去和蔼可亲。

"呃，我朋友突然失踪了，怎么都联系不上，所以我想恳请你们帮我找一下。"岱丰表现得很心急。

"别着急，坐下慢慢说。"民警微笑着示意岱丰坐下。

"我很了解他，平常话比谁都多。最近好多天没给我发消息，我就感觉不太对劲。今天给他发了消息没回，打电话提示已关机，去他住的地方敲门也没人，邻居说几天没见着他了。"岱丰越说越进到情绪里。

"好，大概情况我了解。你朋友叫什么？"

"老杨。"

"全名呢？"

"叫……"岱丰想了两秒钟，平时一直都是老杨老杨地叫，突然问起全名，还真有点愣神，"叫杨全友。"

"杨全友，杨全友。"民警好像陷入了深思，一遍遍轻念着老杨的名字。"我好像知道你朋友在哪儿了。"民警看着岱丰，露出了一丝让人难以捉摸的笑容。

"他在哪儿？"岱丰心头一紧，难道自己要像电影里演的那样，被警察带着去认领尸体吗？

"他被行政拘留五天，你来得也挺巧，等会儿就释放了。"民警笑着对岱丰说。

"啊？他犯什么事儿了？"岱丰打了个激灵，好像脑门上被人浇了盆冷水。

"这个啊，等他亲自给你说吧。"民警笑着拍了拍岱丰的肩膀，没有再多说什么。

"老杨到底犯什么事了？捅人了？也不应该，真动了刀子应该就不止五天了。"岱丰越想越乱，不过心里倒是平静了许多。

一是老杨还健在，可喜可贺，二是老杨虽然犯事进去了，但好在马上就能放出来。

岱丰站在派出所门口不停向内张望，看老杨走出来了没有。就在岱丰探着脖子往里瞅的时候，有人拍了下他的肩膀。岱丰扭头一看，不是别人，正是失踪多日的老杨。

老杨头发散乱，胡子拉碴，精神憔悴。倘若旁边不是派出所而是横店影城，岱丰铁定认为老杨是参演了国产《荒岛求生》的男主角。

"老杨啊，你丫可把我急死！今儿要是再找不着，我真就去买个洛阳铲，满北京城挖了！"

老杨耷拉着脑袋，像被人打了闷棍似的，一个声儿也出不来。

"老杨，老杨？"岱丰不停晃着老杨的肩膀，但老杨没有什么特别的反应，只是整个人随着岱丰的摇晃而摆动，目光依旧无神。

"喂，老杨，醒醒。"岱丰轻拍了下老杨的脸，缺水的脸颊几乎毫无弹力。

被拍了几下后，老杨这才缓过神，像个天桥边儿要饭的似的，用呆滞的目光和岱丰对视。

"老杨你是不是被用刑了啊，他们打你了？"眼前的老杨是这个状况，让岱丰不由得怀疑是不是刚给他做完电疗。

"没有，没有。"老杨摇摇头，终于说了句话。

"到底怎么回事啊，这几天你都干吗了？"岱丰迫切地想知道真相。

"我饿了，我想来碗炸酱面。"老杨舔了舔嘴唇，一副可怜巴巴的样子。

"走，给你买两碗。"岱丰拽着老杨，快步向停车的地方走去。

这家面馆是岱丰和老杨的根据地之一了，酱炸得地道，面条有嚼头，而且面码也齐全，是家不折不扣的地道老北京炸酱面了。

岱丰点了三碗面，要了三瓶北冰洋。看老杨这状态，他担心两碗都不够吃。

面刚上来，老杨这手就跟通了电似的，突然来了劲儿，放了面码后使着筷子一顿搅拌，随之而来的就是高分贝的吸溜声。

岱丰看着老杨狼吞虎咽的样子，感觉手里的这碗面也变香了。

终于，老杨瘫倒在椅子上，轻拍着滚圆的肚子，不住地打着嗝。

"活过来了？"岱丰试探性地问了一句。

"活了活了。"老杨又拿起桌上的北冰洋，用吸管猛吸了一口。

"能给我讲讲出什么事儿了?"岱丰再接着试探。

老杨看了岱丰一眼,重重地叹了口气。

"有烟吗?"老杨深邃忧虑的眼神让岱丰感到熟悉,一般这种时候,就表明老杨要聊长篇了。

"有有有。"岱丰从兜里摸出烟盒,递给老杨一根。接着摸了摸别的兜儿,翻出来打火机,半起身凑过去给老杨点上。

"呼——"老杨吐出烟雾,"事情是这样的。"

在那晚从漾club散场后,老杨的情绪就变得有些低迷。他突然觉得自己很孤独,并清晰地知道这次并非矫情,而是发自内心的触动。

感到孤独不可怕,找人来陪就是了。可怕的是,老杨翻遍了手机通讯录和所有微信好友,似乎没有谁能来陪伴自己。

当然,如果老杨放宽界限想找同性的话,是完全没有问题的。但他不想,他就想找个女人来陪自己聊聊天。

多么可笑的事,一个自封为爱情专家、爱情学教授的男人,却连个可以聊天解闷的异性都没有。

老杨挠了挠头,好像唯一的异性朋友就是百灵了,但碍于和岱丰的关系,自己也不能和她走得太近。而且也没必要,百灵也不是自己想交流的类型。

第一次

老杨躺在床上，陷入了沉思。好像自己结识异性的路径越走越窄，以致走到现在，这条路上只能勉强通过自己。这样是不对的。老杨攥紧了拳头，是时候做出改变了！

老杨从床上弹起，没几秒，又一脸哀怨地躺了下来。

"可到底去哪儿才能认识姑娘呢?"老杨犯了愁。

"交友软件?"老杨有些迟疑，"现在这些软件都是年轻人玩的东西，自己应该赶不上趟了吧。"

老杨心里虽然有些打鼓，但还是扛不住诱惑及内心深处的期待，把手机应用商店里排名前五的交友app全下载了。

经过一番注册验证和资料填写，老杨开始疯狂搭讪，他从未见过如此多的异性罗列在面前，这种感觉着实让人无比兴奋。

虽说找着了向姑娘们传递爱的信号途径，但单方面的信号输出也没太大意义，就像一场没有结果的自嗨。

老杨不停切换着各个聊天软件，在每个聊天框里不停地点击退出。尴尬的是，半个多小时过去了，还是没人理他。

这对一个深夜里发情的中年男人来说，是次沉痛打击。

原本还兴奋无比的老杨，此刻却泄了气。他再次瘫倒在床上，觉得心里比窗外更加阴暗。

好自为之

"这混蛋的世界啊！这些不开眼的姑娘！你们错过了一个无比珍贵的男人，你们会后悔的！就像错过了大乐透1000万一样地后悔！"

老杨躺在床上看着天花板，念念有词。

"要不……还是回归原始？"老杨察觉到还有个火苗在黑暗中摇曳。

他摸起手机，边骂娘边把交友软件全给卸了，然后打开微信，点了下附近的人。

"微信还是靠谱的，对吧，大企业，信得过。"老杨筛选完性别后，开始挑选目标。

"咦，这个不错。"老杨望着头像出了神，一个妆容艳丽、事业线深幽的照片，像负极磁铁，牢牢吸住了正极的老杨。

"这么晚了，在干吗？"

老杨打下这句无比直男的话后，还在后面加了朵鲜花。

等待的过程总是叫人紧张，老杨不断用手敲着大腿，心里忐忑不安，难道这次又要折戟？

"在上班呀，你呢？"

"回了回了！"老杨兴奋地拍了下大腿，赶紧抱起手机，手还有

第一次

些哆嗦。

"这么晚了怎么还在上班，老板简直没人性！"老杨按下发送键。

"没有啦，今天正好晚班，不过没什么事，就比较无聊。"

"比较无聊，无聊。有我在，还能让你无聊了。"老杨禁不住地傻笑，嘴里嘀咕着。

"无聊不怕，没有我才可怕。"老杨继续展现自己油腻的一面。

"那确实很可怕，哈哈，哥哥也是自己一个人吗？"对面的消息也回得很快。

"是啊，孤苦伶仃地独守黑夜。现在好了，有你来做伴。"老杨的油腻愈加浓厚。

"嘿嘿，我也是，有哥哥陪着，就踏实了很多。"

老杨盯着屏幕出了神，他好像看到朵朵桃花在自己头顶盛开。

"妹妹在哪儿上班啊？"老杨开始摸探底细。

"哥哥你猜。"

"嘿，还整上互动了。"老杨傻乎乎地笑，狗屁爱情专家再次沦陷。

"哥哥太笨了，猜不到，妹妹坦白吧。"老杨激动地搓搓手。

"哥哥不笨喔，大智如愚。"对面的姑娘段位也不低。

"我猜妹妹在医院。"老杨脑子飞速旋转，能和夜班搭边的有很多，但因为老杨的特殊护士情结，所以首先想到了这个。

"不对喔，哥哥再猜。"

"哥哥实在猜不到了，告诉我吧。"老杨心急如焚。

"哈哈，哥哥平时喜欢按摩吗？"

"喜欢啊，很喜欢。"老杨的心跳开始加速。

"那喜欢妹妹给你按摩吗？"

老杨擦了擦眼睛，确定自己没有看错。时来运转？老天的故意安排？老杨还是不太敢相信眼前聊天框里的字眼是真实的。

"当然更喜欢啦！"这个感叹号完全契合老杨此时的心情。

"嘻嘻，那哥哥可以来找我玩喔。"

这，这就发出邀约了？老杨感觉被开了24.0倍速。

"你不是在上班嘛，哥哥怎么去找你？"老杨想再确定下。

"对啊，妹妹就在碧水湾呀。哥哥你应该听说过吧。"

老杨看了虎躯一震，碧水湾！

老杨当然知道这个地方，就在家附近。建得像城堡一样豪华，每至夜晚便开始灯光秀，秀得让人瞠目结舌。建造得这么豪华，里面的价格铁定也不会便宜，毕竟羊毛出在羊身上。这是不变的道理。

老杨有些慌神，没想到这姑娘的夜班夜得这么深，完全出乎自己的意料。但面对这个邀约，好像又难以拒绝，毕竟她的头像已经让老杨全身如火烧。

"哥哥当然听说过呀。"老杨决定先采取迂回战术。

"就猜哥哥肯定知道，嘻嘻。那哥哥来找我玩嘛。"

面对再一次的邀约，老杨决定先去翻一翻对方的朋友圈，避免出现被头像坑骗的情况。这不翻还没事，一翻更不得了。面对火辣的身材和姣好的面容，老杨，彻底缴械了。

"我过去直接找你?"

"对的哥哥，你到了直接给我发消息，我去接你啦。"

老杨有些踌躇，这一步到底该不该迈出呢？理性告诉他，四万的血案还历历在目，出行需谨慎。但，膨胀的血管和不断冲击头脑的欲望又给老杨无限出门的动力。

"哥哥这就过去。"老杨放下手机，深吸一口气。拜百灵所赐，今晚没喝多少酒，所以没有一丝醉意。现在的自己很清醒。

老杨起身抚平衣服，把手机塞进兜里，决定去蹚这潭不知清浑的水。

到了碧水湾的门口，老杨的眼睛被灯光闪得有些迷离。这是他第一次来到这种地方，过往有特殊的洗澡需求，老杨才会舍弃家里的浴室，找个澡堂钻进去，寻求搓背大爷来解决所需。

对老杨而言，澡堂唯一的特殊消费就是搓澡。

眼下，他伫立在碧水湾大门外的几根石柱旁，感觉自己无比的渺小。一个洗澡、按摩的地方，建这么大，是要搞海滨浴场吗？老杨看着五彩缤纷的灯光，有点心疼。倒不是心疼电费，而是心疼自己银行卡里为数不多的余额。

"妹妹，我到了。"老杨发出了消息。此刻他有些后悔，后悔自己没有问好价钱再来。但仔细想想，似乎这个问题并不能提出来，难不成直接问人家多少钱？那也显得太不礼貌了。

老杨边想边挠头，从门里走出一对男女，中年男腆着肚子，头上发丝稀疏，一脸横肉，右手臂弯里搂着一位身材高挑、玲珑有致的妙龄女子。老杨目送两人有说有笑地离去，再转过头来，一个同样婀娜多姿的美女出现在面前。

"嗨，哥哥。"女子的声音很甜。

"你，你是……"老杨被声音轰得有点上头。

"怎么，不认识我啦。"她俏皮地拉住老杨的胳膊，顺势带着他往门里走。

"认识认识，就是你太漂亮了，有点不太敢认。"老杨说话开始自带颤音。

"嘻嘻，哥哥真会说话。哥哥是做什么工作的啊？"

"我……"老杨开始思索，怎么将自己职业说得高大上，"我开了个工作室，做做品牌什么的。"

"哇，哥哥好厉害！听起来就很挣钱。"姑娘倒也是挺配合。

"没有没有，挣个辛苦钱。"老杨慌忙摆手。

"哥哥就别谦虚啦。哥哥，我叫林雪，大家都叫我雪儿。"

"好的雪儿，你叫我老杨就行。"

"好啊，老娘。"雪儿的发音有些困难。

"是老杨，不是老娘。"老杨被气得有些想笑。

"就是啊，老娘。"雪儿一脸无辜状。

"算了，你还是喊我哥哥吧。"老杨并不太想占这个便宜。

"好呀哥哥，哥哥平时一定特别累吧，雪儿带你去做个足疗SPA。"雪儿轻拉着老杨的手。

老杨脑子蒙蒙的，雪儿说些什么他也听不太清楚，只沉浸在被牵手的愉悦里。雪儿的皮肤光滑白嫩，摸起来就像滑过一层牛奶。

雪儿后来又说了些什么，老杨完全回想不起来。他只记得雪儿走了又回来，重新拉起他的手，塞给他一些衣服，说了些什么不明就里的话。老杨什么都不清楚，只记得了房号：402。

老杨一个人坐在402的屋里，他刚洗完澡换了浴袍。房间很大，挺豪华，反正比自己住的那个小破地儿强上一百倍。

接下来该做什么？老杨感觉到自己的意识在逐渐苏醒，随之而来的是，他也察觉到了银行卡里的余额在燃烧。

这得多少钱啊！老杨瞪大了双眼，此刻理性在缠斗中更胜一筹，将欲望踩在脚下，手里高举着"想想四万块"的旗帜，挥舞不停。

老杨越想越害怕，他看了眼时间，已经夜里一点多。

"跑路吧！"老杨跳下了床，决定溜走再说。

"哥哥，你要去哪儿啊？"老杨刚起身走两步，门被打开了，雪儿甜美的声音像春风吹在了老杨的脸上。

"我，我想上个厕所来着。"老杨结结巴巴的，话也说不利索。

"哎呀，里面不是有卫生间嘛。"雪儿似乎看出了老杨的意图，走过来轻拍了下他。

"我，我就是自己在屋里待得太无聊了。"老杨像被扎破的气球。

"都怪妹妹让哥哥等太久啦。"雪儿边说边勾住老杨的脖子。

"没，没事，回，回来就好。"老杨被雪儿身上的香气迷乱了魂魄。

"哥哥洗过澡了吗?"雪儿整个人都快缠在了老杨的身上。

"我，我，我洗，洗过了。"老杨的呼吸开始愈加紧促。

"洗过澡了，怎么还穿着衣服呢?"雪儿嗔怪地拍了下老杨的胸脯。

"我怕，怕着凉了。"

"不要怕，不会的。让雪儿来帮你脱。"雪儿说完就准备上手了。

"这不好吧。"老杨一个激灵往后撤，躲开了雪儿的手。

"没想到哥哥还挺害羞，真是，不脱衣服怎么按摩嘛。"

"雪儿，你告诉哥哥，就现在这服务，多少钱?"老杨总算问了件实事。

"对哥哥这样的大老板来说，没几个钱，哥哥就放心吧。"

"不是，没几个是多少，你告诉哥哥，让哥哥心里有个底。"老杨都到这会儿了，还不忘给自己冠以哥哥的称呼。

"哎呀，瞧哥哥紧张的，就那几千块钱，没关系啦。"雪儿又一把抓住老杨的胳膊，试图把他拉过来。

"几千？"老杨一个鲤鱼打挺从床上蹦了起来，"我去澡堂搓个背才十块，你这是什么按摩，整几千？"

雪儿见老杨情绪突然暴涨，也不含糊，立刻从床边站起来，踩着高跟鞋用手指着老杨的鼻子，"你别在这儿咋咋呼呼的，澡堂能跟这儿比吗？真是，瞧你这穷酸样，觉得贵别来啊！怎么着，想占便宜还不舍得花钱，天底下哪有这好事？进门连衣服都不敢脱，瞧你那怂样。"原本温柔甜美的雪儿，瞬间变得凶猛异常。

老杨哪见过这场面，顿时愣了神。但好歹也是闯荡过江湖的人，老杨调整得特别快，他伸开胳膊，直接把上衣脱了甩床上，嘴里喊着："我去，我还能让你给欺负了！"

就在老杨想表演一个老虎扑食的时候，房门被踹开了，几个警察破门而入。

"都蹲下！"

"接下来呢？"岱丰听得入了神，等烟烧着烫到手了才反应过来，他赶紧把烟头捻灭在烟灰缸里，用手拍了拍被烫着的地方。

"还有什么接下来，接下来就到派出所了啊。"

"你这不对啊老杨，你俩发生关系了吗？"

"没有，我刚说的内容里，有这个情节吗？"

"没有啊。"岱丰喝了口北冰洋。

"没有那你问个锤子。"老杨看上去还是那么憔悴。

"不是，我的意思是你又没做什么越轨的事情，凭啥抓你。"

"我是还没做什么越轨的事情，但我当时不已经打算做了吗？难不成民警同志在一边看着，等我落实完再给我上铐子？那到时也不是几天的事儿了，我还得感谢警察叔叔来得及时，要晚来那么一小时，估计我得被关半个月打底。"老杨越说越沮丧。

"一小时就太多了，晚来五分钟可能你这事儿就能彻底敲定了。"岱丰也是什么时候都不能忘了嘲讽。

"去你的，没心情跟你开玩笑。"老杨瞪了岱丰一眼。

"那你这点儿也太背了，不过也不是点儿背。怪谁呢？只能怪自己，色字头上一把刀啊！老杨你就是不长记性，上次四万的亏还没记住？"岱丰也真是拿老杨没办法，那么大的人了，整天净干些少脑子的事儿。

"唉，冲动是魔鬼啊，我怎么就管不住自己这手。"老杨气得想摔瓶子，被岱丰给拦住了。

"老杨你要想摔，回家摔自己东西去，这瓶子你摔了铁定又得让我赔钱。"

老杨听了后，看了看手里的玻璃瓶，又看了看岱丰，放下了。

"不过你去的那个碧，碧什么来着。"岱丰一时想不起来名字。

"碧水湾。"老杨给了岱丰正确答案。

"对对对，碧水湾，被查封了。就你去的那天晚上，警察突击的。所以老杨你也真是不走运，这辈子就去了这么一次，还被突突了。"

"不过，我觉得自己也没亏。"老杨突然变得神神秘秘，说话低声细语的。

"什么没亏？"岱丰听了有点困惑。

"就是我没亏啊。"老杨又重复了一遍。

"你哪儿没亏？蹲到今天还没亏？"岱丰怀疑老杨的脑子是不是不好使了。

"真没亏。"老杨冲岱丰招招手，示意他离自己近点。等岱丰凑过来后，老杨小声说："我不是被逮了么，但因为情节较轻，所以也没罚款。而且啊，我那边还没付钱，就直接被带走了，等于白赚。"老杨说完，嘿嘿笑着轻捶了下岱丰。

"老杨你有病吧！"岱丰一声惊呼，然后发现自己声音有些大后，又压低了声音，"你也没干啥事啊，牵牵手搂搂抱抱的，换来蹲了几天号子。你还觉得不亏？"

"不亏。你是没见着那雪儿有多漂亮，真的，跟仙女似的。"老杨边说好像还边在回味。

"你……"岱丰刚要接着训斥，突然老杨放在桌上充电的手机来了通微信语音，亮起的界面上，显示一个漂亮姑娘的头像。

老杨看到后，大惊失色，高喊一声"我X"，然后立刻神情紧张地问岱丰："怎么说曹操，曹操就到。雪儿怎么还给我打语音了！"

"啥？不可能吧，她这犯罪情节比较严重啊，怎么说也得比你多关会儿，这就放出来了？"岱丰也觉得不可思议，"再说你怎么还没给删了，留着打算二次行动？赶紧挂断，挂完给删了。"

"我这得能删啊！蹲号子的时候手机不是没电了吗！"老杨确实够笨的，让他挂断，结果紧张得手一滑，居然给接听了。

"喂！是老娘吗，喂，是不是老娘？"电话那头传来的女声，甜美中又带着一丝凶狠。

岱丰听了一愣，然后轻声问道："老杨，人家都是喊爸爸，你

好自为之

这怎么上来就直呼老娘。"

老杨恶狠狠地瞪了岱丰一眼，"是雪儿吗，我在，有啥事?"

"哥哥，你在哪儿啊?"电话那头的声音变得只剩下了甜美。

"啊，我在……"眼看着老杨就要傻乎乎地说出方位，岱丰立马比画手势，让老杨闭嘴，"我在外面呢，你找我有事吗?"

"哥哥，你不能不管妹妹啊! 我刚从派出所出来，肚子都要饿死了。"雪儿的声音愈加娇媚起来。

"不是，你肚子饿死了怎么能找我呢，雪儿，咱俩也没啥事啊。那天的事就当是个误会，不美好的回忆我们就把它抹去，抹去，好吗? 从此一别两宽，各自忙活各自的生活吧。"老杨说完就想挂断电话。

"哥哥，你听我说! 我也是刚到那儿上班，哥哥你是我的第一个客人，真的，要不我也不能这么快就被放出来。这儿我人生地不熟的，熟的现在都还在派出所蹲着，我也找不着别人了，所以只能试着联系联系哥哥。"雪儿似乎意识到以上是老杨的结束词，所以老杨刚说完，她就紧跟着续上了。

老杨闻言抬头看了看岱丰，岱丰也在看着老杨。

"你觉得可信吗?"老杨用手挡着嘴，轻声发问。

"我觉得还真有可能，不然不会放出来这么快。"岱丰也用手挡着嘴。

"那你再请她吃碗面？"老杨的声音很轻薄，脸皮依然很厚。

岱丰皱了下眉，露出不可思议的神情，这怎么也是我来请！

"雪儿，我现在在一家面馆，这家的面还挺地道的。我给你发定位，你直接过来就好了，我等你。"老杨真是没一点出息，先前还义愤填膺的劲头，又被雪儿的声音融化得骨头都酥了。

"嗯嗯好的，谢谢老娘，我这就过去。"

电话挂断后，岱丰立马针对"老娘"这个称呼展开审讯。"老杨啊，是不是兄弟，是兄弟就别瞒着。这到底咋回事，一口一个老娘的。"

"没有，真没有。你丫别想歪，没那些污言秽语的事儿，单纯就是人发音不标准，我也纠正不过来。我刚在给你讲述那天案情发展经过的时候不也着重强调了吗，你还问。"

"我只是单纯觉得你的解释比较苍白，没有太大说服力。"岱丰把玩着手上的筷子。

"等雪儿来了，你给她整个卤鸡腿什么的，加加餐。"老杨说得很平淡。

"不是，老杨，还真拿我当印钞机了啊。这是你的姐，凭啥让我来掏钱。"岱丰听了气不打一处来。真是，给买碗面也就认了，这还要求给加餐，欺负老实人吗！

"我没有啊！岱丰，我的好兄弟，你看哥哥最近过得惨不惨。别犹豫，直接说。"

"惨。但也是你自己作的。"

"先别说是不是自己作的，反正惨，是不争的事实，对吧?"老杨可怜巴巴地看着岱丰。

"行行行，别给我来这一套，我请，我请还不行吗。"岱丰最受不了老杨这一出。

"就是嘛！都是兄弟，还分这么细！等回头我老杨起势了，你想吃什么我连请你一个月！"

"老杨少吹点牛，多干点实事，这饭我还能有点盼头。"岱丰无可奈何地叹了口气。

"老娘!"

店门口突然传来熟悉的甜美女声，这一声称呼，引得店里所有人都把目光投射到了岱丰他们桌上。

"嘘，给你说多少遍了，叫我哥哥就行。"老杨看着门口的雪儿，想生气又生不出来。

"来，坐。"等雪儿走到桌前，老杨挪到里面去坐，把外面的位置腾给她。

"哥哥，咱俩真的太倒霉了，我跟你说，那天真是我第一天去碧水湾上班，除了你，我就没接到别的客人。"

店里其他人刚收回去的目光，再一次投射了过来。

"我的少奶奶，你能不能小点儿声，真是什么增光添彩的事儿，你还在这儿嚷嚷。"老杨看着已生无可恋的岱丰，赶忙制止。

"是是是，我的错，哥，对不起。"雪儿认错态度还算端正。"这位是……"雪儿看了看岱丰。

"喔喔，忘了介绍了，这是我好兄弟，岱丰。"老杨亡羊补牢。

"你好你好。"岱丰微笑示意。

"长得还挺帅，有女朋友了吗?"雪儿可真是自来熟的标杆。

岱丰闻言摇了摇头。

"喜欢什么样的，我姐妹长得都挺不错，要身材有身材，要样儿有样儿。嘶，就是得等等才能见面，她们最快的也得下下周才能出来。你应该能等吧，毕竟单身挺长时间了，也不差这会儿，对吧。"雪儿的嘴跟机关枪似的，冲着岱丰一阵扫射。

好自为之

"那什么，我去给你买点吃的。"岱丰赶紧起身逃离战场，就雪儿这本事还喊老杨"老娘"，她自个儿才是名副其实的老娘。

"哥哥，你怎么不去给我买，还让人家去。"雪儿捣了下老杨。

"我这兄弟就是讲究，没办法，以后你就知道了，拦不住的。"老杨这牛吹得，让岱丰听了想冲进厨房，借老板菜刀砍死他。

"哥哥，那晚的事儿其实我没想骂你，就是，就是我刚来第一天，看姐妹们忙活得都不带歇着，就我自己闲着没人玩。所以，所以就比较急躁，哥你别往心里去。"雪儿开启了认错模式。

"没事没事，多大点儿事，真是。"老杨摆着手说，"不过啊，雪儿，你怎么想起来干这个，年纪轻轻的，什么不能做啊。"

"我，我就觉得这来钱挺快的，身边朋友也劝我，趁着年轻多赚点钱。"

"你那都什么鬼朋友，哪有劝人干这个的，不是东西。"老杨气得直拍桌子。

"唉，其实我得谢谢你，哥哥，真的。"雪儿突然眼里含着泪，看向老杨，"你人真的很好，都那样了你也没对我动手动脚。那晚你别看我表面一套一套的，那都是姐妹们手把手教我的招儿，我心里可慌着呢！得亏是你出现了，要换一个流氓来，唉，

116

我都不敢想。”

岱丰突然觉得自己好多余，眼前正上演着一出苦命鸳鸯戏，自己显得格格不入。

“那你今后怎么打算的？”老杨帮着雪儿拌面。

“我，我还没想好。这个是不可能再做了，一辈子都不能碰，但我也不知道自己还能做啥，毕竟什么都不会。”雪儿托着腮，噘着嘴唇。

“没目标也不行啊，你想想，你在这个城市举目无亲的，总不能天天混吃等死，连个落脚地都没有。”老杨拌面拌得起劲儿。

“是啊，你说的这些我也明白，但真不知道自己能干些什么。”雪儿打算先吃盘子里的卤鸡腿。

“你喜欢做什么？或者你梦想成为什么？”岱丰冷不丁地问了句。

“我啊，其实我从小就梦想着当模特。你们知道吗，我觉得当模特特别特别酷！”雪儿嘴里塞着肉，说起话来有些含糊不清。

“那就朝这个方向努力啊，一定要明确，可别兜兜转转好几圈，最后又回到了原点。”岱丰突然觉得雪儿好像也没那么招人嫌。

好自为之

　　"我觉得岱丰说得在理，你啊，就得先明白自己喜欢什么，然后就去做。做自己喜欢的事呢，会觉得有动力，不要别人催促，自己就撸起袖子加油干了。"老杨跟着附和道。

　　"可说得那么容易，谁会要我啊！现在好多模特公司都是骗人的，上来就让你交这个钱，交那个钱，我之前也打听过，感觉都不靠谱。"

　　"倒也是，这一行确实挺乱的。"老杨陷入了沉思。

　　"老杨，你手里不是还有个女装品牌的活儿吗，要不让她当模特试试？"岱丰给老杨出了个招。

　　"对啊！我怎么把这茬给忘了。"老杨激动地猛拍了下大腿，把一旁的雪儿吓了一跳。

　　"哥哥，是你工作室的项目吗？"雪儿等咽下嘴里的东西，问了一句。

　　"工作室？什么工作室？"岱丰皱了下眉头，老杨什么时候开的工作室，自己怎么不知道。

　　"我当时糊弄你的，雪儿，我其实就是你说的穷酸样，哪有什么工作室，都是自己猫家里偶尔接一两个项目。"老杨开始不停地挠后脑勺，试图缓解下尴尬。

"哥哥就知道骗我。"雪儿撇了撇嘴。

"雪儿,你别喊他哥哥了成么,听得我瘆得慌。"岱丰双手交叉在一起,不停搓挠着鸡皮疙瘩。

"他非让我喊他,喊他名儿又不乐意。"

"你那是喊我的名吗,我是老杨!央昂,杨!"

"尼昂,娘。"雪儿跟着学了一遍。

"算了,咱也不知道她这是哪国口音。累了,教不会,岱丰你行你上。"老杨摆摆手,示意自己放弃了。

岱丰早笑得合不上嘴,没想到雪儿还真是奇特的发音问题。

"这样,雪儿,你两个都别喊。我平时喊他老杨,你呢,就叫他胖子。"岱丰又给出了一主意。

"这也行,胖子。"雪儿重复了一遍,发音没问题。

"行,那就胖子吧。"老杨倒也无所谓。

"胖子!你那女装是干什么的啊?"雪儿来了精神。

"就是外包给我了,委托我来做宣传呗。"老杨说得轻描淡写。

"你胖子哥可以的,跟他混没问题。"岱丰插了一句。

"真的吗?那我可以去给你当服装模特吗?是不是要走T台啊什么的?"雪儿已经不是来了精神那么简单,整个人都兴奋了起来。

好自为之

　　"T台这个，目前还没计划，不过对着镜头摆造型是可以的，回头我跟品牌方聊聊，看能给多少预算。有多少预算，基本就有你多少工资。"老杨再次不经意间夸下了海口。

　　"那太好了！胖子，你真是个小天使！"雪儿抱住老杨，"吧唧"在他脸上亲了一口，这一口挺突然的，让老杨和岱丰都没有想到。

　　"可我，住哪儿啊？"雪儿说话间，突然声音放低了。

　　岱丰给老杨使了个眼色，老杨也接收到了。

　　"要不，住我那儿？你要是不嫌弃脏乱差的话。"老杨试探性地说了句。

　　"你那儿？你是自己住吗？"雪儿有点不放心。

　　"对啊，我自己住，你来的话我睡客厅沙发，你去卧室睡就好了。"老杨展现得很卑微。

　　"嘿嘿，那多不好意思，吃你的喝你的睡你的，你还得给我发工资。"雪儿止不住地傻笑。

　　"多大点事，等你挣钱了请我吃饭不就成了。"

　　岱丰听了这对话，隐约觉得好耳熟，这不是自己和老杨的翻版吗。

　　"那什么，看你没事我也就放心了。你们吃完饭随便去转转，我还有点事先走了。"岱丰很识趣，不像木头疙瘩老杨，总是没点眼力见儿。

"啊，你这就走了啊。"雪儿看着岱丰。

"走了走了，公司有点事喊我回去加个班，你们吃着聊着，我先撤，反正以后有的是时间见。"岱丰起身朝雪儿挥了挥手，然后给老杨说了声走了。

老杨今天也很明白，没傻里傻气地挽留岱丰，笑眯眯地说："路上慢点。"

岱丰走出面馆，觉得一切不可思议又理所当然。不可思议的是，老杨竟然被警察抓了，然后在那种场合认识了这么一姑娘。理所当然的是，老杨和雪儿只要看对眼，那就铁定会走到一起，因为两个人性格做事上合得来，是一路人。

岱丰拉开车门，钻进车里。"和自己合得来的人，又在哪里呢？可别让我走老杨的路，和对方以这种形式见面。"

岱丰想着想着就笑了，他发动汽车，准备回家，毕竟公司根本没有任何事情。

他只是想找个理由逃脱，让自己能回到家里，躺在床上安静地歇一会儿。

漾 club

好自为之

爱情专家

自从面馆之别后，老杨已经三天没有找岱丰了。

这次岱丰一点儿也不着急，非但不着急，心里还特踏实。虽然老杨没搭理自己，但他朋友圈热闹啊！

今儿在XXX影棚给雪儿拍照，明儿又跑某网红打卡地转悠，反正一刻也不闲着。这也让老杨原先比钱包还干瘪的朋友圈，变得缤纷多彩起来。

岱丰挺高兴的，和老杨认识这么些年，头一遭看见他积极主动地把生活状况搬放在朋友圈里。当然，以前老杨也没什么可发的，除了分享分享歌曲，就是在那儿胡侃吹牛。

不过高兴归高兴，老杨一门心思扑在雪儿身上，也让岱丰多少感到有些不爽，这孙子见色忘友的速度也太快了。十多年革命友谊的根基再牢固，人姑娘拿屁股抵一下，就塌个稀碎。

岱丰也想有朝一日能有机会给老杨当头一棒，落入爱情甜蜜的旋涡，将老杨揪着腿甩到身后，任他再怎么呼唤也不理睬。当然，这些只是想象罢了，毕竟自己眼下的感情一团乱麻，没有什么头绪。

就在岱丰一边憧憬一边哀叹的时候，手机响了，不知是谁打来了电话。

好自为之

岱丰拿起手机看了看，嚯！不是别人，正是老杨。

"怎么了儿子，想家了？"岱丰接通电话，一开口，嘴上不饶人。

"我说你这人，找骂是吧。你在家吗？我这马上就到了。"老杨明显在开车，汽车鸣笛的噪音吵得岱丰耳朵疼。

"啥？你来找我了？"岱丰大声吼着，生怕老杨听不见。

"对啊，你在家吗？"

"在在在，来吧。"岱丰挂断电话后，觉得有点不太对劲，这老杨怎么突然就跑家里来了，是不是有事。

岱丰抓了抓下巴，认为自己在这儿也是瞎琢磨，谁能知道老杨脑子里想什么事呢！他根本就不是一个正常人，天天东一榔头，西一铁锤的，让人无从摸清套路。

"咚咚咚！咚咚咚！"

"老杨你这是催命还是讨债呢！砸什么门！"岱丰骂骂咧咧地趿拉着拖鞋走向大门，老杨这家伙又犯什么病了。

"你个狗……"岱丰打开门，刚准备骂，看到眼前场景又把后面的话给咽下去了。

一位络腮胡的微胖男子，穿着紧身短袖和运动短裤，看上去无比壮硕。

当然，这都不重要，重要的是，他手里攥着个棒球棍。

岱丰望着眼前这名壮汉，不自觉地咽了下口水，然后颤颤巍巍地说："哥，请，请问你找谁?"

"找谁? 你说我找谁!"壮汉直接把门推开，顺势要进来。

"不，不行不行，你别进来。"岱丰也不知哪来的勇气，张开手臂作拦住状。

"狗东西，敢偷人老婆，我今天就打断你的腿!"壮汉边说边抬起攥着棒球棍的手。

"哥哥哥，错了错了。"岱丰吓得赶紧架起双手，挡住头。

"现在知道错了? 早干吗去了!"

眼看壮汉的棍子就要落下，岱丰声嘶力竭地喊了声："哥，你找错门了，嫂子不在我这儿!"

"什么玩意儿?"壮汉收回胳膊，把棒球棍杵在地板上，"什么找错了?"

"大哥，您真找错门了，您说的那缺德事我没干过，这辈子也都不会干啊!"岱丰用手擦了擦额头的汗。

"找错了?"壮汉一脸狐疑，"不可能!"

"哥，你要找的人叫什么？"岱丰小声问。

"宋刚啊，不就是你丫挺的吗？"壮汉用棒球棍指着岱丰。

"哥，错了错了！我不叫宋刚，我叫岱丰！"

"岱丰？"壮汉也有些迷糊，"门牌号什么的都对啊，我还特意对照了，没问题。"

"哥，你要找的是几号楼几单元几零几？"

"16号楼1单元1302啊，不就是你这儿？"

"好像，是，是我这儿。"岱丰额头的汗又开始往下冒。

"那你这孙子还说不是，在这儿耍你爷爷玩呢！"壮汉又要举起棒球棍。

"干什么呢！你谁啊？！"在这危急存亡之际，老杨的声音在岱丰耳边响起。

"你谁啊？"壮汉蔑视地看了眼老杨。

"我是他大哥，你哪儿的？举个棍子吓唬谁呢？"老杨此刻在岱丰心中的地位直线飙升。

"呵呵，他大哥？俩人一伙的吧，天天净干缺德事的狗东西，老子连你一块打！"壮汉俨然把手里的棒球棍玩成了哑铃，一会儿举起，一会儿放下，一会儿放下，一会儿举起。

"等等！这位大哥你来找谁？"老杨瞬间变得谦卑起来。

"我就来找他，宋刚！"壮汉的声音雄厚有力。

"什么玩意儿？宋刚？"老杨一脸不解地看着岱丰。岱丰也摇摇头表示不知情。

"我兄弟叫岱丰啊，不叫宋刚，大哥你肯定是找错了。"老杨把岱丰的说辞又重复了一遍。

"单元楼门牌号都是对的，怎么可能错！"壮汉怒不可遏。

"不是，谁给你的单元楼和门牌号？"老杨刨根问底。

"我大哥给的。"

"你大哥为什么会给你这个单元楼和门牌号？"

"因为这个狗日的偷我大哥的女人，被我大哥发现了！"壮汉用棒球棍指着瑟瑟发抖的岱丰。

"有这事？"老杨不可思议地看着岱丰。

"没有没有，真没有。"岱丰连忙否认三连。

"会不会是你大哥搞错了？"老杨继续提供别的可能。

"不可能！之前我大哥亲眼看着大嫂进来的！"壮汉很确定。

"那你大哥是个狠人啊！亲眼看着进去都不抓？"老杨和岱丰都被震撼了。

"因为我大哥坐着轮椅，不方便自己捉奸！"壮汉瞪着他们俩。

老杨和岱丰沉默了。

"等等！大哥！我想起来一事儿。"岱丰张开手掌，"你大哥给你的小区名字是什么？"

"隐山观湖啊，不就是这儿吗！"壮汉有些不耐烦了。

"哪个山？"岱丰好像发现了问题的关键点。

"大山的山。"

"那就对了！大哥啊，我这儿也是叫隐杉观湖，但我这个杉是红杉树的杉，不是大山的山，我这房价差那个好几倍呢，那地儿多贵啊。"岱丰松了口气，可算是得救了。

"是吗？"壮汉看起来很不相信。

"是的啊大哥，不信我给你用高德地图搜搜！"岱丰掏出手机，打开高德地图，搜出来给壮汉看。

"还真是。"壮汉开始挠后脑勺，"我也纳闷，我大嫂怎么能看上你这地方，原来是找错了。"

岱丰听了，劫后余生的开心突然变淡了。

"大哥慢走，慢走。"岱丰送完壮汉出去，可算缓了口气。

"老杨你个王八蛋别笑！要不是你，今儿就没这出事！"岱丰可是气死了。

"不对，这关我啥事啊？"老杨一脸的不解，"又不是我派这大兄弟来抢你的。"

"要不是你说来找我，我能听见敲门声就给开门吗！"岱丰越想越气，老杨真是自己的晦气星。

"只能说被敌人乘虚而入，给了他可乘之机，这也不怪我嘛。岱丰你得这么想，没挨棍就是不幸中的万幸，得亏那小子不是太莽，不然根本不听你解释，直接就照你脑壳子抢了。"老杨安抚着岱丰的情绪。

"真是吓死我了。"岱丰端着水杯瘫坐在沙发上，靠喝水来压惊。

"要不是我老杨及时赶到，估摸着这会儿你已经被拉到太平间了。"老杨还是那么会说话。

"去你大爷，要我说这人就是有病，这样玩非得闹出人命不可。"岱丰难咽下这口气，"对了，你今儿来找我干吗？火急火燎的。"

"也没啥事，就是想找你聊聊天。"老杨太假了。

"哦？那我这会儿没心情聊，既然没啥事，老杨你就先回去吧，哪天我想聊了再叫你。"岱丰可不惯着老杨这臭毛病。

"你看你这人。"老杨急了，"行了行了，我说。就是跟雪儿处了几天，感觉挺好的，但心里还是有些打鼓，你，你懂吧?"

"我以为什么事呢，就这啊。"岱丰把水杯放在茶几上，"我觉得你俩挺合适的，性格各方面都搭配，真的挺好。"

"可是……"老杨跟便秘似的，话难挤出来。

"我知道你可是什么，这问题我也想过，我觉得吧，雪儿是挺真诚一姑娘，咱也应该不计前嫌，给人一个改过自新的机会不是。你要是真担心人家还在跟你演戏，咱就场外求助，请大神来帮忙掌掌眼。"岱丰觉得老杨的担心纯属多余，他相信自己看人的眼光。

"场外求助? 求助谁啊?"老杨有些不太明白。

"还能有谁，你百灵姐呗。人家纵横江湖这么多年，什么人没见过，都摸透了。你要是实在不放心，我给你出一主意。"岱丰从沙发上端坐起来。

"啥主意?"老杨也凑了过来。

"今晚你组个局，安排在咱们的老地方就行，喊上百灵，你带着雪儿，齐了。"岱丰拍了拍老杨的肩膀。

"我听着怎么感觉这主意就是想让我请吃饭呢?"老杨一下就抓住了重点。

"你看你，就这点出息能办成什么大事儿？一顿饭能吃你多少钱，主要是解除掉你内心的困惑。"岱丰又夯实了下自己的思想工作。

"主要是我怕雪儿和百灵见了面有点尴尬，再误会我跟百灵之间的关系。"老杨操的心可真不少。

"你放心吧，雪儿就算误会你跟我的关系，也不会误会你跟百灵的关系，因为大家都明白，百灵根本看不上你。抓紧打吧，别磨叽。"岱丰又躺在沙发上。

"我还看不上她呢！"老杨边说边掏出手机，翻到百灵的号码，拨了出去。

"喂，百灵啊。"老杨表现得很友好。

"啥事儿，说。"那边百灵跟嗑着瓜子闲聊天似的。

"晚上有空吗，约你吃个饭，老地方。"老杨直奔主题。

"哟，老杨你是不是买大乐透中奖了？请吃饭？"百灵明显被惊着了。

岱丰听了忍不住地笑，怕笑出声被百灵听见，只能把嘴捂住。

老杨瞪了岱丰一眼，然后接着跟百灵说："没中奖就不能请了吗，真是，我老杨以后会经常请你们吃饭。"

好自为之

"老杨你这是大梦初醒了吗？还是岱丰给你电疗了？"

"我在你心中就是这么个吝啬鬼的形象吗，百灵，你真的太让我伤心了。"老杨说得可怜兮兮的。

"不是，老杨你说错了。不是你在我心中，是你在大家心中，谢谢。"百灵一点情面都不留，老杨的脸都快绿了。

"说正事，晚上有空吗，我带个妞儿去。"老杨再次明确主题。

"什么？老杨你处对象了！"电话那头的百灵再次被惊着了。

"还没到处对象那一步，就想着喊你们聚聚，顺带着帮我看看怎么样。"老杨话里带笑。

"行啊老杨，岱丰一点信儿还没呢，你这都进度条99%了。"百灵还是不太敢相信。

捂着嘴笑的岱丰瞬间觉得笑容乏味了。

"他的事儿你也知道，妞儿太多了，不知道该挑哪个好了。"老杨幸灾乐祸地看了眼岱丰。

"人家皇宫少爷，咱比不上。是你请吧老杨，别回头我跟岱丰都到了，你来句今儿你俩费用分摊。"百灵吃一堑长一智。

"不会不会，就我请，你们就算要请我也不答应。"老杨大手一挥。

"行，七点见。告诉岱丰，再迟到就把他给剁了。"百灵强调重点问题。

"放心吧，那孙子再迟到我也饶不了他。"老杨边看着岱丰边说，完全不顾岱丰眼中熊熊燃烧的怒火。

"老杨，我给你出主意，合着还得听你俩聊天骂我是吧！"岱丰等老杨挂了电话，立马发表意见。

"你觉得雪儿跟百灵会合得来吗？"老杨还是有点忧心忡忡。

"会吧，我觉得俩人其实也挺像的，不会有什么敌对情绪。"岱丰劝老杨别想太多。

"那倒是，毕竟不是喊你跟莎莎吃饭。"老杨拍了拍手，"行了，我先走了，待会儿饭点见。"

"快走快走，让我能消停会儿。"岱丰不耐烦地连连摆手，示意老杨别再说了，赶紧开门走人。

"你可不能迟到啊。"老杨关上门前，又用手指了指岱丰。

"放心吧，谁迟到谁孙子。"岱丰打了保票。

"行，有你这话我就放心了。"

随着关门的声音消失，屋子里又安静了。

岱丰躺在沙发上，忍不住回想起老杨提到的问题："毕竟不是

好自为之

请你跟莎莎吃饭。"

这句话对岱丰冲击挺大的，他开始思索莎莎的出现对百灵会造成多大影响甚至伤害。虽说自己从未给百灵承诺过什么，两人也未曾真正在一起过，但对岱丰而言，和百灵之间的感情很微妙。他不好说这是不是爱情，毕竟在初见之时自己的确心生情愫，认为遇到了契合自己的人。

但往往这时候，人更容易陷入一种焦虑中，会处处怀疑和否定。岱丰身边除了老杨，也没什么亲近朋友，但老杨不是自己，他给不了什么实质性的建议，更没法带着自己走出困局。

所以岱丰就在曲折的道路上越走越远，越走越累。

还记得遇到百灵后的第二天中午，岱丰专门喊老杨出来吃饭，吃饭之前岱丰没有说明此次碰面的原因，整得老杨也挺蒙，大中午的怎么就出来吃饭了呢，毕竟大家的生活都属于夜晚。

岱丰讲明来意后，老杨也没表示惊讶，只是很平淡地说了句："这事对你来说不是见怪不怪了吗，一个女人而已，你还有什么好困惑的。"他丝毫没觉察出岱丰这次和过往大不相同。

老杨属于活得比较傻的那种人，这种傻不是贬义，而是一种褒奖。也是岱丰羡慕的一种生活态度。不用去猜想别人的想法，也不用顾忌对方的喜忧，过好自己就得了，过爽自己就行了，至于其他事，都爱干吗干吗吧。

所以岱丰会认为雪儿和老杨比较搭，毕竟两人都是这种性格，不给对方设防，也不给对方埋坑，都坦诚相待。不会因为一些事儿真急眼，说开了就完事。

岱丰以前觉得自己也是这性格，后来发现错了。自己压根儿就不是。岱丰的爽朗与豁达多数都是装的，其实内心活得特挣扎。但是，他又不想把这柔软的一面展露给大家，他想让别人都觉得自己更吊儿郎当一些，更嬉皮笑脸一些，更没心没肺一些。他无比渴望得到关怀，又会下意识地拒绝别人的关怀。

所以对百灵，岱丰是有愧的，他始终认为问题出在自己身上。明明是最先迈出步子的人，却又最先选择了退缩。

骂自己一句混蛋，是完全不亏的。

岱丰想着想着，就止不住地叹气。

算了，还是别想了，想也没用，先处理好老杨这摊子事儿吧。

岱丰脸朝下扑倒在床上，让自己尽量放松些。

作为老根据地的饭馆，这地儿见证了仨人太多的喜怒哀乐，称为他们的情感博物馆不为过。这次的相聚和之前相比，又增添了非比寻常的意义。过往最没皮没脸的老杨，今天表现得却最正经。

"咳咳，那什么，我给大家介绍下哈。"老杨等大家都落座后，居然有点紧张。

"介绍介绍。"百灵捧哏接得恰到好处。

"这位呢，是雪儿，我的潜在发展对象。"老杨的用词让人摸不着头脑。

"什么潜在发展对象，你在这儿拍谍战剧呢?"百灵拆开塑封的餐具。

"就是，还整得挺别出心裁，潜在发展对象。"雪儿撇了撇嘴。

"哎呀! 我这不是不敢直说女朋友吗，怕你不同意这个称号。"老杨开场就受阻。

"有什么敢不敢的，你都没这个心和胆识，那以后都别说了。"雪儿腰杆挺得笔直。

"哈哈，老杨你听到了吧，只潜在，没得发展了。"百灵乐得合不住嘴。

"百灵，别闹。"老杨的脸憋得通红，也真是不容易。

"要不重新来一遍?"岱丰帮着给老杨解围。

"重来重来。"老杨跟抓住救命稻草似的，然后又清了清嗓子，

"给大家介绍一下哈，这位呢，是我女朋友，雪儿。"

"谁是你女朋友，别给自己脸上贴金哈，我刚说着玩的，你较什么真啊。"雪儿托着腮，目光看向别处。

老杨再次被憋得说不出话来，百灵已经笑得不行了。

"那什么，我叫百灵，百年孤独的百，灵车的灵。"百灵朝雪儿伸出右手，打算来一个友好握手。

"百年什么？"雪儿一边握手一边皱眉头，不知道她是没听清呢还是没听明白。

"你甭理她，丫装呢。"岱丰直接拆台。

"你有病吧。"百灵把用过的纸巾揉成团，砸向岱丰。

"丰哥，灵姐是你女朋友吧。"雪儿真是跟老杨一个德行，哪壶不开提哪壶。

"咳咳！"老杨立马假咳几声，示意雪儿别乱说话。

"我是他大姨。"百灵伸出手，摸了摸岱丰的脑袋。

"去去去，一边去。"岱丰不耐烦地挪开百灵的手，"给我摸秃了。"

"你这不用摸都秃了。"百灵撇撇嘴，"跟谁爱摸似的，一摸就满手油。"

"介绍完了吗老杨？"岱丰把话题拉回正轨。

"完了完了，这不都认识了吗。"老杨傻乎乎地在那儿笑。

"哎，老杨，你跟雪儿怎么认识的啊？"百灵给自己点亮了哪壶不开提哪壶的技能光标。

"我俩……"老杨看向雪儿，雪儿也低下了头。

"老杨前段时间不是接了个女装品牌的活儿吗，缺模特，雪儿正好是做模特的，两人就认识了。"得亏岱丰脑子转得开，算是把这个场给救了。

"老杨可以啊，模特都拿下了。我说雪儿的身材那么好，高挑得让人嫉妒。"百灵还真信了。

"我老杨出手，枪不走空。"老杨大手一挥，推开了吹牛的电闸开关。

"你是钱不走空还差不多。"百灵一针见血。

"怎么说话呢。"老杨冲百灵挤眉弄眼，示意她别再往下说了。

"老杨你点菜了吗？不会就点了这俩凉菜吧。"岱丰感觉老杨还真能干出这事。

"你这骂人呢！咋可能就俩凉菜，我点得丰盛着呢，人后厨炒得慢可怨不着我。"老杨感觉自己受到了冒犯。

"雪儿，就说一件事儿，足以证明你在老杨心中的地位之高。"百灵的话有些吊胃口。

"啊，什么事?"雪儿一脸好奇。

"我跟岱丰认识老杨也挺久了，今儿第一次，真的第一次，老杨请我们吃饭。"百灵伸出食指，举到半空中。

"我也太感动了，真的，没有你雪儿的面子，估计我们这辈子都蹭不着老杨一顿饭。"岱丰紧随其后。

"不是，你俩这整得我跟铁公鸡一样，我可没这么抠啊，别污蔑我。"老杨赶紧否认三连。

"什么叫我俩整得，这事还用整吗? 但老杨你别生气，我俩没别的意思，就是夸你勤俭持家，这是好事啊! 以后你跟雪儿过日子，这是一项技能，对吧雪儿。"百灵开始暗戳戳地挖坑了。

"我可不要他这个技能，小气巴拉的。老杨，你以后可不能这德行，多丢人啊，天天跟着别人蹭。"雪儿开始了家教模式。

"你听他俩瞎扯，我没有。"老杨试图挽回点颜面。

"哈哈没事，雪儿你别当真，我俩跟他闹着玩的，只要他不对你抠就行。"百灵生怕雪儿再生气了，马上打圆场。

"就是，对我俩抠点也没事，对你好就行。"岱丰也不掉队。

"其实我真的特别感谢你们，能在陌生城市遇见这样的朋友，我真的……"雪儿越说越哽咽。

"怎么回事这是，怎么突然就……"百灵有些不明就里。

"别哭啊，我也很高兴能遇见你，他们也一样。"老杨搂住雪儿。

"百灵，其实，其实我跟老杨不是那么认识的，我俩认识的方式挺复杂。"雪儿用纸巾擦了擦鼻子，甩出一句重磅炸弹，把岱丰和老杨都炸蒙了。

"啊，什么意思?"百灵完全不了解情况。

"事情是这样的。"雪儿在百灵瞠目结舌的状态下，将事情完整地复述了一遍。

岱丰和老杨就那么目瞪口呆地听着，完全不知该做何反应。哪怕热菜已经上来了三个，也没人动筷子。

"其实我知道丰哥是好意，想帮我掩盖住那段不光彩的历史。但我想，有些事情发生了就要去面对它，以前做过蠢事，不能把它完全抹掉，这样是不对的。我要经常正视它，来做反省，避免日后再出现相似的过错。而且今天吃饭也不光是为了大家见个面，我明白老杨心里不踏实，这很正常，换谁心里都不踏实。"雪儿的话让在场其他人都沉默了。

"我很感谢老杨不计前嫌地收留我，还给我安排了模特的工作，他这人吧，就是喜欢装。明明被项目方骂得狗血淋头，很多地方都不满意。在我面前就笑呵呵地说特别好，甲方很喜欢，骗我哄我开心。其实我都知道，我无意中看到过他被甲方痛骂的微信聊天。"雪儿越说哭得越凶，"所以我真觉得自己很幸运，能遇到像你们这样很棒的朋友，能遇到老杨对我这么好的人，我太幸运了。"

岱丰想招呼老杨去给雪儿拿纸巾擦擦眼泪，却发现老杨哭得不比雪儿少，一个大老爷们眼泪直往下掉。

"我今天还和老杨说，觉得你们俩特别合适，真的。我也替老杨高兴，这么多年了，兄弟终于遇到一个适合自己的人。"岱丰从箱子里往外拿酒，用开瓶器打开。

"雪儿，其实有些错并不是你的错，有些时候受环境影响，或者受生活所迫，人都会不得已去选择做一些自己根本不情愿也不喜欢的事情。这件事错了吗？是错了，但远没达到让人不可原谅的地步。我以前也走过弯路、错路，但我现在想来，也挺感谢这些被唾弃的错误，因为它们让我变得更强大，让我变得更不易被打倒。雪儿，你是很幸运，遇见了老杨。但同样，老杨也很幸运地遇见了

好自为之

你，感情是一种双向的解救，把两个人从痛苦中解救出来，一起奔向幸福。"

岱丰听百灵说话听入了神，说得真好啊。

"我之前一直说自己是爱情专家，其实我是狗屁的爱情专家，我什么都不懂，就知道吹牛。"老杨边抽抽鼻子边说。

岱丰和百灵先愣了下，然后大笑不止。

"老杨顿悟了！"

"今天真的太开心了。"百灵把酒倒入杯子里，"大家一块走一个吧。"

"走一个，走一个。"雪儿也给自己倒满。

"走他个虎虎生风，走他个，一日千里！"老杨又开始背《让子弹飞》的台词，满脸春风得意。

"都干了哈，谁逃酒罚一瓶。"百灵在啤酒入嘴前，颁布了惩罚措施。

"必须干了。"老杨一抬头，一饮而尽。

"今晚啊，就不醉不归，这大喜的事儿，高兴！"百灵刚把杯子放下，就开始倒酒。

"你酒量怎么样?"老杨压低声音，悄悄地问雪儿。

"喝倒你应该没问题。"雪儿同样压低声音，悄悄地回应。

"人家老杨都成了，你也抓点紧。"百灵碰了岱丰一下。

"抓什么紧啊，这事儿又急不来，只能随缘。"

"还随呢，再这么随下去你就得化缘了。"百灵抿了口酒。

"说别人说得这么起劲，自己的事儿呢？"岱丰不甘示弱。

"我啊，可能也快了，八成过段时间就是我摆桌了。"百灵笑着说。

"真的啊？"老杨满脸不可思议地问了句，接着看向了岱丰。

"不知道呢，就先透个底，到时没成可别笑我啊。拿大家当自己人我才说的。"百灵从盘里舀了一勺宫保鸡丁。

"可以啊，你这神不知鬼不觉的，保密程度够高。"岱丰故作镇定地端起酒杯，喝了一口。

"那我也不能一有点什么动静就昭告天下啊，多惹人烦。"

"谁啊谁啊，有照片吗？让我看看。"雪儿倒是挺着急的。

"别别别，先别看了，等过段时间落实了，姐给你带到饭桌上来。"百灵安抚雪儿。

"怎么，还煮熟了端上来啊。"岱丰有点想找事儿。

"你这人不会说话就闭嘴，烦不烦啊。"百灵听了有些生气，

好自为之

"今儿老杨大喜的日子，我不想跟你吵，你也别找事。"

"喊，我才没有。"岱丰一杯酒快喝完了。

"这要百灵也敲定了，可就岱丰你了啊。"老杨把岱丰拉出来鞭尸，"说来也有意思，明明最不缺的那个，到头来却是最后才能脱单。"

"老杨你也别找事啊，别觉得今儿嫂子在旁边你就有金钟罩护着。"岱丰不惯着老杨。

"就是，你少说两句。"雪儿从先前的情绪中缓和过来。

"行了行了，都别说了，来，大家再走一个!"老杨举起酒杯，招呼着大家一块儿来。

"会是谁呢，百灵说的那个人会是谁呢?"岱丰心里不知怎么，竟有些难以遏制的伤感，而且这种情绪蔓延得很快。

他偷偷看着百灵，百灵神情轻松，好像并没有被刚才的对话所影响。

今晚自己肯定会喝醉的。

当手上这杯酒下肚后，岱丰确定自己没法自己走着出店门了。因为现在已经感到有些头晕，周围一切都变得雾蒙蒙，脑海里开始不断闪回和百灵初次见面的场景，和她在一起喝酒扯皮的场景，以及送她回家的场景。

他放下酒杯，努力把眼角想要溢出的液体收回去，然后强挤出笑容，加入了他们的聊天。

老杨，祝福你啊！可能我真的不配拥有爱情吧。

漾 club

好自为之

耳听为实

"最近的天气真是像下火一样。"程一端着咖啡杯，站在微波炉前晃荡。

"你能不能不要一直晃来晃去，又不是你在微波炉里转。"秦月托着腮，把紧攥在右手里的签字笔指向程一，宛若在施法。

"大姐，这又不是在军训，我连晃一晃的权利都没有吗?"程一无奈地撇了撇嘴。微波炉里"叮"的声音响起，午饭热好了。

"你有你有，你想跳一跳都没人拦你。但姐姐我这会儿正烦着呢! 要不怎么说你们这些技术宅就是没点眼力见儿。"秦月也撇了撇嘴，只不过是满满嫌弃地撇嘴。

"禁止进行人身攻击啊，你再挑衅我马上状告丽姐，看你还威不威风。"程一把咖啡杯放在桌上，打开微波炉，从里面端出香喷喷的午饭。"对了，你怎么不去吃饭?"

"喊，你也就这点能耐，一看就是那种小时候有事没事爱往老师办公室跑的主。"秦月呼了口气，把笔夹在本子里，"不吃，吃什么饭，气都气饱了，就没一件顺心事。"说罢，秦月起身伸了个懒腰，"下午有会要开，晚上还有会要开，明天早上还有会要开! 我的天呐! 在会议室给我铺张床算了。"

"前段时间不是有同事反映，放在会议室里的东西不见了吗?

你可以向丽姐申请，让她把你拴在那儿，看谁敢进来偷东西。"程一一脸坏笑地冲秦月挤眉弄眼。

"我打死你个死直男，你会不会说话啊!"秦月拎起椅子上的靠枕就要顺势砸向程一。

"别别别，我错了!"程一一手拿着饭盒，一手端着咖啡杯，防御力为0，赶紧认错求饶。

"真是，开发部能有你的存在，整个公司都有责任。"秦月气得两腮鼓鼓的，看起来尤为可爱。

"我只是一个负责敲代码的冷酷机器人，有什么意见请直接找老板谈。"程一说完就赶紧小碎步溜了，生怕靠枕从天而降，把午餐砸个稀碎。

"程一，你给我等着!"秦月的声音越来越远，意味着自己的工位越来越近，即将步入安全区域。

每至中午，整个公司的人就蒸发了，原本喧嚷的工位瞬间安静。这种感觉落差像从欢乐谷一个任意门开进了寂静岭。大家结伙外出觅食的外出，搭伴去食堂的去食堂，没人会在自己工位上继续煎熬地坐着，尤其是开发部。

程一是个例外，他不爱吃食堂，也不爱外出用餐，当然并非不合群，只是自己更熟悉自己的口味，做出来的饭也就更可口些。诚然，程一是个对吃比较挑剔的人，他认为入口的东西一定要讲究，营养卫生是基础，口感和热量也要拿捏得非常准确。这也侧面表现出程一是个情感很细腻的人，只有细腻的人才会花费心思去琢磨容易被旁人忽略的细节。程一工作的地方，就没有细腻的人。大家都认为他只是一个憨憨傻傻、只会敲键盘写代码的呆呆直男，没有什么丰沛的情感，也没有什么讨喜的情趣和惹人夺目的着装。在开发部，程一和那些男孩子一样，脑袋埋在屏幕前，不爱说话，让头发沐浴着显示器光线的洗礼。

但程一并不一样，他白天和夜晚是两副面孔。就像哥谭市的英雄韦恩，白天他是公子哥大少爷，夜幕降临的时候，他就是人民英雄蝙蝠侠。当然，程一不会武功，也不具备超有钱的超能力。但对一些人而言，程一也是英雄，是伸手将他们从情感沼泽中解救出来的英雄。

作为一个情感电台主播，程一也算是阅历丰富，很多爱情事例说起来也是如数家珍，甜蜜的、痛苦的、遗憾的、让人大跌眼镜的，以及让人哭笑不得的……程一对"一千个读者就有一千个哈姆雷特"这句话有了深彻的认知：一千个情侣就有一千种感情。

最近，有个名叫老杨的男听众特别有意思。为什么特别强调性别呢，因为这个老杨好像比多数姑娘还感性，时常说着说着就哭得稀里哗啦，劝都劝不住，而且不劝比劝还好使，不安慰他，这哥们一会儿自己就痊愈了，要是安慰他，那可了不得，跟海水倒灌似的就没完了。

而最让程一感兴趣的是，老杨和自己同城。这么一个奇男子，程一真想会会，到底是怎样一个男人，能泪腺如此丰沛，情感如此充沛。

程一趴在桌上点着鼠标，查看上午都有谁给自己发了私信，发了些什么内容。

"阿程，晚上出来喝酒吗?"程一看到内容皱了下眉头，正想叉掉去点开下一个，发现对方的ID有些面熟，这好像是，老杨?

程一瞪大眼睛又仔细瞧了瞧，确定是老杨没错，这声"阿程"叫得也太……

"谁啊这是，喊你喊得这么甜?"一个女声冷不丁地在背后响起，吓了程一一跳。

"你走路怎么没声音的! 练轻功啊!"程一用手轻拍着胸口，大口喘着气。

耳听为实

"我睡也睡不着，闲得无聊就过来溜达溜达，看看你在干吗。"秦月拍了拍程一的肩膀，"没想到这刚看第一眼就发现了奸情，阿程，咦，太恶心了！"

"去去去，这是个男的好吧，别乱想。"程一赶紧把窗口最小化，生怕被发现了秘密。

"男的？一个男的这么叫你！我的天呐！"秦月这一嗓子喊得堪比小岳岳，"没看出来啊，原来你喜欢……那你岂不是在开发部如鱼得水，这里全都是你喜欢的男孩子！"

"你这都哪跟哪啊，越说越说不明白了。"程一可真是快被她给烦死了，"就一个朋友，一个普通正常的朋友，好了吧。"

"啧啧啧，欲盖弥彰，不过你放心，我会替你保守这个秘密的。只要你请吃饭，好商量。"秦月又拍了拍程一的肩膀。

"我凭什么请你吃饭，我又没干什么见不得人的事儿，倒是你，鬼鬼祟祟地跑过来偷窥我屏幕，实乃小人之举！"程一恶狠狠地瞪了秦月一眼，这个女孩子可真是让人头大。

"哎！可别这么说，是你中午武装挑衅在先，惹本姑奶奶不高兴了。我要是不高兴啊，哼，你也别想好过。"秦月边说边在程一椅子后面踱步，好像在教书似的。

好自为之

"我错了，我错了行了吧，劳烦您归位，回自己座位踏踏实实坐着，别再像蜜蜂一样嗡嗡嗡。"程一把脸埋在自己的抱枕上，恳请秦月迈开步子，往自己的工位方向行进。

"有进步，说像蜜蜂没说像苍蝇，可以，算是会用词了，变得不是那么讨人厌。"秦月不断给自己加戏，加得程一白眼止不住地往上翻。

"唉，算了，没意思，和你说话真没意思。"秦月摆了摆手，"还不如开会听那几个老帮菜巴拉巴拉地说些废话有意思。走了走了。"秦月说罢拽着身子一步一步地走开，脚下的高跟鞋踩在地板上发出"咔咔"的声音。

"刚才走路怎么一点声音都没有，难不成是脱了鞋走过来的？"程一边嘀咕边点开电台，琢磨对老杨的这个邀约该怎么回。

"实在抱歉，晚上还要播电台，没办法赶赴邀约。等下次有机会，我来请客。"程一在屏幕前沉思了半刻，把聊天框里的文字敲了出去。

"你给他发了吗？"岱丰用手指有节奏地敲着桌子，对着电话另一端的说话语气很不耐烦。

耳听为实

"我发了啊，正想给你说这事儿，你就把电话打来了，咱哥俩到底是心有灵犀一……"

"一给你点阳光你就灿烂，少废话，怎么说的啊，程一晚上来不来?"岱丰敲桌子的力度越来越重。

"丫的不来，说晚上还得播电台，来不了。"老杨又管不住自己这张嘴了。

"老杨你太没素质了，再怎么说人家程一也帮你度过了无数个被爱情折磨的夜晚，你就不能放尊重点。"岱丰真想抽时间给老杨好好上一堂素质教育课。

"是是是，好好好，对对对，一切听岱总指示。"老杨反正就无赖，死不要脸。

"那晚上还是我们四个? 这天天晚上净跟你们吃饭了。"岱丰也有点装。

"估计就我们仨，百灵晚上有事来不了。"老杨说话感觉有点含含糊糊的，好像在掩饰什么。

"百灵她什么事? 又跟人去约会了啊。"岱丰嘴上是嘲讽，心里却塞满了柠檬。

"人约不约会的也跟你没关系啊，管好自己的事儿就得了。

行，我跟雪儿还得去搞项目，先撂了。"

老杨挂了电话后，岱丰后仰在椅子上，右脚搭着左脚，双手环绕在脖子后面，这个姿势和状态，会让自己很快进入思考模式。

"自己对百灵到底是什么感觉呢？"岱丰对这个问题已经快琢磨吐了，但又觉得每次都琢磨不到点子上。原本想借今晚机会和程一见个面，拉近拉近关系，好让老师改日能给自己好好上堂课，但目前看这事儿也是泡汤了。虽说自己这些事也都抖落给了程一，但总觉得不面对面沟通，就达不到自己想要的那种氛围。指望老杨给自己解惑反正是不可能，这辈子也没戏，丫自己还没活明白呢，也就是会装，小黄鼠狼装豹子。

"咚咚咚！"有人温柔而不失节奏地敲门，岱丰赶紧卸下散漫的姿势，端坐在桌边，然后轻声喊了句："请进。"

"是你啊，瞧把我吓的，还以为是张总来审查我。"看到进来的是莎莎，岱丰长嘘一口气。

"怎么，我在你心里的地位就那么低，丝毫得不到重视嘛。"莎莎嗔笑着走了过来。

"这就过了啊，莎总，论地位，在我心里谁能撼动您啊，直接拿混凝土给浇灌在头等王座了。"岱丰还真有点小紧张。

"你啊，就是嘴贫。"莎莎轻拍了下岱丰的肩膀，动作看起来比较暧昧。

"莎总也是稀客了，今天来有何工作指示？"岱丰的鼻子暗暗嗅着微风卷来的莎莎身上的香水芬芳，可真是让人沉醉。

"别高抬我了，这不好长时间没见你了吗，正好这会儿没事，就来串串门。"莎莎笑着看向岱丰。

"你这铺张浪费文字太严重了，短短三个字想你了就足以概括一切。"岱丰打算蹬鼻子上脸试试，反正来都来了，再拘着可就显得太虚伪了。

"哈哈哈，还是你会说话，最近忙什么呢？"莎莎有意无意地拿起摆放在桌上的项目文件，翻翻看看。

这个行为让岱丰感到有些紧张，毕竟他和莎莎各带着一个团队做事，而这次的项目分配上，莎莎所负责的项目相比较自己的而言明显有些迷你，不论是项目经费还是日后的晋升空间上，都相差甚远。

"不错啊，这个项目都被你拿到了。"莎莎边说边继续看着，丝毫没有停下来的念头。

"哎呀，谁还没吃顿饺子呢，我这算是凑巧给捡着了。"岱丰尴尬地摸了摸头。

"我底下那帮人天天哭喊着家里粮仓空了，等下次就让他们来找你，希望岱丰同志勇于担负救济责任。"莎莎脸上还是挂着笑。

"别别别，我这还好几张嘴嗷嗷待哺呢，都是喂不饱的家伙，哪天把咱俩彻底掏空了，他们也就傻眼了，毕竟这么好的领导去哪儿寻啊。"岱丰觉得危险还没过去。

"你这明着想夸我，实际上是吹捧自己吧。"莎莎终于把手上的文件放下了，笑眯眯地看着岱丰。

"没有没有，主要是夸赞您雄才伟略、高瞻远瞩，带着创意部远走高飞。"岱丰试图缓解下气氛。

"我可不敢远走，不然张总非得把我腿给卸了。"莎莎长叹了口气，双手不断往后甩来甩去，看上去是肩膀有些不舒服。

"长时间坐着看电脑，肩膀不舒服了吧。"岱丰也扭了扭自己的肩膀。

"是啊，肩膀颈椎还有腰，没一个好地方。"莎莎边说边用手扶着腰窝，面露痛苦。

"我给你开个药方，准好。"岱丰突然来了精神。

"什么药方？"莎莎看着岱丰，将信将疑。

"晚上老杨喊吃饭，你要是没什么事跟我一块去？喝点酒透透，明天一醒浑身舒坦。"岱丰肚子里就没什么好主意。

"就你和老杨？"莎莎试探性地问了一句。

"还有老杨他家属，你跟我一块去正好能解救我一下，避免成为悲惨的灯泡。"岱丰可怜巴巴地看着莎莎。

"那多不好，人老杨带着自己媳妇，你拉着我，搞得好像咱俩有什么事儿。"莎莎故意说了这么一句。

"咱俩那点事儿不用藏着掖着，也是时候该公开了。"岱丰顺势接了过来。

"可别这么说，咱俩可就是普通同事，撑死是革命战友情啊。我晚上倒没什么事，先这么定吧！下班了你再喊我声，我怕给忘了。"莎莎边说边向门口走去，"我先回了。"莎莎笑着朝岱丰挥了挥手，拧开门把手，走出去后又轻轻把门给带上。

"呼！"岱丰等莎莎走后，赶忙把桌上的文件拿起来审阅一遍，看有没有什么不可外泄的机密。要说有秘密吧，还真没什么不可见人的东西，但你要说没秘密吧，这些文件按理说就不能给外人看，尤其是莎莎。

当初张总把这个项目交给自己时，曾反复交代不要声张，公司上上下下很多双眼睛都在盯着这个项目，等你站稳脚跟，把这个项目彻底摸透后公司再开会公布这件事情。这下倒好，自己还没琢磨透，就让莎莎瞧了一遍了。

岱丰瘫倒在椅子上，觉得莎莎应该不是那种人，最多跟自己臭贫几句，抱怨抱怨，铁定不会干落井下石的事儿吧。

"肯定不会，肯定不会的，莎莎这么可爱懂事一姑娘，又不是老杨，绝对干不出这事儿。"岱丰边嘀咕着边打开电脑，准备尽快把项目钻研透了，免得夜长梦多。

"老杨，老杨，你看着我的包放哪儿了吗？"雪儿站在客厅正中央，眼睛像个雷达一样，四处扫描着。

"卧室床上，卧室床上呢。"老杨边收拾东西边喊。

雪儿听罢小跑进卧室，发现包安静地躺在床角。

"老杨，你说我穿哪条裙子好啊，是你前天给我买的那身白纱裙，还是那条带点蕾丝边的黑裙子。"

"都行都行，你穿什么都好看。"老杨也开启了雷达模式，眼珠子不停转着，四处寻摸。

"你看你敷衍的，就不能帮我做个决定嘛。"雪儿双手叉着腰，摆出一副受气的样子。

"哎呀，我的少奶奶，你就别给我整难题了，估计王总快到酒店了，咱可不能让人等我们啊！"老杨有些焦头烂额，急得汗珠子都快冒出来了。

"喊，让他等会儿又能怎么样，我们也要摆出应有的气势，让他被我们所折服。"雪儿说起来也是一套一套的。

"可拉倒吧，还折服，回头这生意要是折了，咱俩都得喝西北风。"老杨终于在沙发上的一堆购物纸袋里，翻出了自己要找的东西。

"那我不管，反正当初你答应了养我，我就赖着你。"雪儿噘着嘴，冲老杨撒娇。

"那当然，我老杨，君子！一言既出，驷马难追，绝不放鸽子！"老杨把雪儿搂进怀里，"穿白纱裙吧，刚买的衣服就得多穿穿，磨合磨合。"

"这又不是车，还磨合磨合。"雪儿从老杨怀里挣脱开，"我去换衣服了，你着急的话就先下楼。"

"没事，等你，你尽快就行。"老杨看了下手表，还行，时间不是太紧张。

好自为之

"这王总到底什么来头啊,我从没见你这么着急过。"雪儿坐进车里,扣上了安全带。

"就这么给你说吧宝贝,这次跟王总合作要是能谈成了,我下个月就带你飞欧洲玩他一个月。"老杨总结得很合适。

"真的吗!"雪儿也理解得很精准。

"对啊,所以真的很重要,成败在此一举。不过我相信肯定会成功的,毕竟宝贝你是我的幸运星。"老杨说罢还想凑过去亲一口,结果被雪儿给推开了。

"别磨蹭了,抓紧干这事儿,为了欧洲游,咱加足马力成吗!"雪儿显得比老杨还着急了。

和王总见面的地点约在了帝豪酒店,市内数一数二的五星级,匹配环境优越的是更为卓越的价格,老杨订酒店之前考虑再三,嘴里反复念叨着"舍不得孩子套不着狼,留得青山在不愁没柴烧,要以发展的眼光看问题",咬着牙在帝豪订了为期五天的总统套房。

赢了吃日料,输了入寺庙。老杨抱着破釜沉舟的精神,准备打赢这场人生攻坚战。

到了酒店,比约定的时间早了十五分钟,老杨觉得应该算刚刚好,太早了没必要,晚了也不合适。

耳听为实

　　老杨让雪儿挽着自己的手臂，挺直腰杆步入酒店，准备先歇会儿缓口气。不料刚走到酒店大堂，就看到王总在休息区独自坐着喝咖啡。

　　"这哥们来这么早！"老杨整个人都要僵直了，好像有股电流从脚底板直窜到天灵盖。

　　"那还不赶紧过去啊，在这儿发什么呆。"雪儿从背后用手掐了下老杨浑圆的屁股。

　　"哦哟，你轻点，我这是真皮的，又不是人造革。"老杨疼得嘴歪眼斜的，用手揉了揉，赶紧快步走了过去。

　　"不好意思啊王总，让您久等了。"老杨坐在王总对面，把公文包放在自己和雪儿中间。

　　"没关系，你也没有迟到，只是我习惯性会来早一些，不怪你。"王总低头看了下腕表，然后抬起头微笑示意。

　　"这是我爱人，雪儿，负责服装造型，偶尔也客串模特。"老杨介绍说，"雪儿，这位就是王总，我一直给你提到的那位杰出企业家。"

　　"您好王总，久仰大名。"雪儿微笑着打招呼。

　　"你好。"王总冷不丁地伸出手来。

雪儿显然事先没有准备，看到这一状况有些愣神，老杨轻轻捣了雪儿一下，示意她赶紧接招。雪儿马上把手伸出去，和王总来了一次亲切会晤。

老杨在一边赔着笑，或许是赔笑赔得太过入神，并没有发现王总握住雪儿手的时候，两根手指在雪儿的手背上抚摸了几下。

但雪儿肯定有所察觉，但也没有丝毫惊慌，反而娇羞地看了王总一眼，然后把手缩了回来。

"杨总好福气啊，娶了这么貌美的娇妻。"王总端起咖啡抿了一口。

"哈哈，谢谢王总，等我们合作达成了，我就把她娶回家。"老杨笑得合不拢嘴。

"哈哈，你这是给我出难题啊，今天要是达不成合作，岂不是我有意刁难你们这对鸳鸯。"王总放下咖啡杯，笑着看向雪儿。

"哪里哪里，我相信以王总超凡的判断力和独到的眼光，我们这次合作肯定会非常顺利。"老杨给王总安了双钢铁之翼，直接吹捧他起飞了。

"来看看你的方案吧。"王总伸出右手示意了下，目光却有意无意地瞄向雪儿。

"好嘞。"老杨拿起公文包，取出笔记本电脑放在桌上，稍等开机完成后，打开放在桌面上的合作方案后把电脑转了个方向，推向王总那边。

整个PPT方案长达六七十页，老杨为了制作它也是煞费苦心，天天起早贪黑的，算是把半条命给搭进去了。

老杨左右手不断来回互搓着，紧张的情绪在心里蔓延，像落进清水里的一滴墨。

"这里方便给我说下吗?"王总指了下屏幕，看着老杨。

"没问题，哪里不太明白?"老杨迅速起身走过去，弯着腰看向屏幕，然后耐心给王总讲解。

雪儿置身于这个场景，此刻多少有些格格不入，眼睛不知该往哪儿看比较合适，看老杨吧，感觉也没什么看头，何况他一直盯着电脑屏幕，并没有看向自己。看周边人群吧，也没什么意思，毕竟自己也不是喜欢东张西望的人。雪儿把目光投向了王总，在见面之前，她在脑海里想象过王总的样子，应该是一个大腹便便、秃了顶的油腻中年男，脸上挂着一双色眯眯的眼睛和一个酒糟鼻。但见面后发现真人和自己的想象真是天差地别，王总竟生得一副英俊面容，而且看起来岁数也不是很大，估摸着还不到四十岁。而且，刚才他似乎有意无意地抚摸了下自己的手，感觉他的手不像老杨的那么粗糙，反倒是挺滑嫩。

　　雪儿晃了晃自己的脑袋，心想自己到底在想什么啊。她长吸一口气，然后缓慢地吐了出去。老杨还在耐心讲解着，雪儿又不自觉地看向了王总，还真是越看越好看呢……雪儿决定放弃和自己的抵抗，就让目光去向它想去的地方吧。

　　"哎，你们晚上听那个情感电台了吗？"

　　"听了啊，昨天你不是疯狂安利，晚上我就听了。"

　　"感觉怎么样？"

　　"真的好！主播的声音好温柔，感觉好会安慰人喔。唉，如果能找到这么体贴、细腻的男朋友，我连请大家喝一个月的星爸爸！"

　　"阳阳啊，你月光族的身份在公司里已经不是什么秘密了，小姑娘趁着年轻多攒点钱，星爸爸就免了吧，让姐姐来！花钱的痛苦就让姐姐来承担吧，只要让我能拥有那么温柔的男朋友！"

　　"不！姐姐，我是守护你的天使，不会让你承担任何痛苦！这种事情就让妹妹来替你抵挡吧！"

程一趴在会议室的桌上，已经快翻一万个白眼了。因为领导还没有来，策划部的姑娘们叽叽喳喳地说个不停，着实吵得人烦。尽管她们是在褒奖自己，但除了自己，谁又知道呢。

"咳咳!"某个人轻咳了两声，程一抬起头，发现总监从会议室门口迈了进来。

"都到齐了吗?"总监坐下后环顾四周。

"到齐了。"秦月在总监身边坐着，应了一声。

"好，那我们开会。"总监说罢咳了一声，清清嗓子，"今天这个会主要讲下开发部的问题，其实也不算是开发部的问题，对吧策划部。"总监耍得一手好枪。

"我觉得我们策划……"策划部主管刚出声，就被总监抬起的手示意打住。

"先别说，听我讲完。"总监翻开本子，"我们这款 app 一直强调的是用户体验，想必这句话大家都要听得耳朵起茧子了，毕竟我说都要说吐了。但到底什么是用户体验?"总监又环顾了下四周，大家都低着头，唯独程一的颈椎还保持水平的姿态。

"程一你觉得呢?"总监突施冷箭。

"啊? 我?"程一觉得有些不可思议。

"对，是你。"总监饶有兴致地看着他。

"我这搞后端的，是不是前端来讲更合适点。"程一觉得有些莫名其妙。

"就是，总监问他也没什么用，他死直男。"也不知道是谁嘀咕了一句，然后所有人都笑了。

"我还真想听听你的看法，问前端和策划运营他们问不出什么花儿来，问来问去就是那一两句答案。"总监拧开水杯，喝了口水。

"用户体验啊，就是用户使用的感受。就像我去菜市场买菜，有的菜贩卖给我菜好像自己在做慈善施舍给我一样，态度差不说，还缺斤少两。但有的菜贩就笑脸相迎，虽然我知道他笑得很假，但好歹我交易过程中很舒服啊，而且虽然菜价比别的家稍贵些，但都是足秤的。这就是好的用户体验。"程一稀里糊涂说了一堆，也不知道自己在说些什么，更不知道自己说得对不对。

"哈哈哈，很不错嘛。"总监听完乐得直拍手，下面也不再憋着笑，纷纷笑出声来。

"所以策划部，你们现在觉得问题出在哪儿，你们是扮演缺斤少两的那一方，还是足秤笑脸相迎的那一方？"

策划主管低着头没说话。

耳听为实

"其实很简单，问题就出在……"

总监后面都说了些什么，程一完全没听进去，他托着腮看上去是在认真听讲，实际上思绪早已开到了九霄云外。

今晚这期电台讲什么呢？听众们投稿投来了好多自己的故事，程一觉得自己可能说到老都说不完，每个人面对感情时都有自己的彷徨和困惑，好多人本以为牵手后就会走向幸福的芳草地，结果走着走着就误入了断崖；好多人本以为感情的焰火就要熄灭，吻别时才发现原来唇齿间的火焰依旧旺热。

爱情或许是人间最值得玩味的东西吧。

不知道怎么，程一突然开始回想起老杨的事情，想起老杨说起雪儿时遏制不住的兴奋，从他声音里能清晰感受到那份宠爱，炽烈而温暖。但坦白说，在了解老杨的爱情经过后，程一不看好这段恋情，并对此有些担忧。他觉得老杨押注的筹码太重了，把体内能抽离出的爱，全部输送给了雪儿，这么冒险且带有赌博性质的做法并不可取。

但就算再不可取，还是会不遗余力去做的。程一深知这一点，这种爱他见过太多了，似乎都没什么好结果。他希望这次自己的判断是错的。

好自为之

程一回过神来，发现会议还没有结束，他继续托着腮，打算就这么耗到会议结束为止。

"王总，您看这样满意吗?"老杨觉得自己像个导游，陪着一位外国友人走了一整趟八达岭长城，附带全程讲解。口干舌燥的他，此刻喉咙里宛如塞进了一个大沙漠。

"不错嘛。"王总拍了拍老杨，表示赞许，"真的不错。"

"是吗，能得到王总认可就很开心了。"老杨看向在发呆的雪儿。

"啊? 是是是，王总觉得满意，我们的努力就没有白费。"雪儿有些慌神，假装整理耳边垂落的头发，以此来遮掩尴尬。

"今天赶过来也有些累了，要不我们晚上一起吃个饭，再商讨下细节?"王总笑眯眯地看着老杨。

"那好，听您的。"老杨甭提心里有多高兴了，他似乎看到银行卡里的余额开始倍速增长并保持闪烁。

"我先上去休息，晚上七点见，怎么样?"王总站起身来。

"好的王总，没问题。您先休息，一路舟车劳顿，想必也很累了，感谢王总，听我讲解了这么长时间。"老杨紧跟着站起来，不停地搓着手。

"太客气了，能达成合作就表明是共赢，大家互惠互利嘛。"王总也很会说话，"那我们晚上见。"

"好的，王总再见。"老杨拉着雪儿和王总挥手告别。

"怎么样啊？"雪儿看老杨一脸欢喜。

"哈哈！太棒了！欧洲一月游已唾手可得，只要不掉链子，这车咱就能接着往前蹬！"老杨越说越开心。

"真的吗，你可别骗我。"雪儿还是比较担心自己的欧洲一月游能不能落实。

"你啊，就把心放进心窝里，没问题的！要不先带你去商场逛逛？回家再过来的话就有点折腾了。"这一刻，老杨意气风发，好像信用卡里的钱就是自己的钱。

"好呀，正好我最近在网上看了个包，感觉挺好看的，去店里试一下。"雪儿也露出了笑容。

"得嘞！走，向着专柜出发！"老杨收拾好电脑，挎好包，攥紧雪儿的手后大手一挥，径直走向酒店的旋转门。

"今天可以啊，说得一套一套的。"散会后，秦月又像鬼魂似的出现在程一旁边。

"你这练的什么神功，怎么走路一点儿声音都没有。"程一皱着眉头，又被吓了一跳。

"这你就不懂了吧，姑奶奶我其实是峨眉派掌门人，专修轻功水上漂。"秦月一副洋洋得意的样子。

"你这都哪跟哪，看点皮毛武侠小说就胡诌。"程一真是懒得搭理她。

"喊，就你懂，买菜专家。"秦月撇了撇嘴，鄙夷地看了程一一眼。

"这会儿心情不错啊，怎么着，难得没被骂？"程一故意哪壶不开提哪壶。

"非但没被骂，还被夸了呢，所以此刻我的心情，异常美丽！"秦月边说边来劲儿，肢体语言也丰富起来，"晚上请你吃个饭，趁着我这会儿高兴，让你捡个大便宜。"

"别，这便宜我也不要，晚上我有事，您还是自己吃吧。"程一马上走到自己工位了，打算跟她告别。

"哟，晚上有约啦？啧啧啧，可以啊小子，闷声发大财。行吧，就当给我省钱了。"秦月哼了一声，挺胸抬头地走开了。

程一还是没想好今晚讲些什么，正好晚上要加会儿班，他可以边敲代码边想。说来也是奇怪，每当这个时候，自己的思维就格外敏捷，总有意想不到的收获。

程一坐在工位上，喝了口咖啡，开始噼里啪啦地敲起键盘。

"岱丰啊，哥哥先给你赔个不是，今晚先取消，我这有要紧的事儿，咱们改天再聚。"岱丰接通老杨的来电后，收到当头一棒。

"不是，你晚上能有什么事儿？忙着和嫂子造人吗？"岱丰气不打一处来，他最痛恨这种放鸽子行为。

"瞎说什么呢，真是正事，有个大项目就要签了，晚上和那边总负责人一块吃饭。丰儿啊，哥哥能不能一步登天就靠这次了，体谅下哈，别生气。"

"不是，我还约人了，你这让我跟人怎么解释。"岱丰气得脸上都堆出褶子了。

"你约谁了？百灵本来晚上也有事啊，正好。"老杨自顾自话。

"什么百灵，我就认识百灵这一个姑娘是吗？莎莎，我好不容易约人吃顿饭，结果你来这一出。"岱丰咬牙切齿。

"没事，你听哥哥的，离那姑娘远点，你不是她的对手，说多

171

少次了你就不听。好了好了，我陪你嫂子试衣服呢，她出来了，我先挂了哈，改天哥哥请你搓顿大的。"

没等岱丰作出回应，老杨就把电话给撂了。

"这孙子，真是越来越不靠谱。"岱丰越想越气，放自己鸽子倒没什么，主要莎莎那边，多影响个人形象啊，尤其这种事情，会显得自己很不靠谱。

早说晚说都是说，倒不如尽早说，还能让人多些时间去安排别的事儿。

岱丰拿起手机，在微信里划拉着找和莎莎的聊天框。

"忙着呢，给你说个事儿。"岱丰发送完这句后就停下了，等莎莎回复了他再跟进。

"没忙，巧了不是，我也正打算跟你说个事儿。"莎莎回复了，但回复的内容完全出乎他意料。

"那你先说。"岱丰缓缓敲下这几个字，发了出去。

"晚上我临时有事儿，去不了了，改天再约吧，到时我请你。"

岱丰望着屏幕里莎莎回复的消息愣了神，这怎么就比自己先出招了呢？不过也好，扭亏为盈了，这样算莎莎欠自己一顿饭。

"行，没事，反正这顿我记下了。"岱丰把消息发了出去。

"那你找我什么事啊?"

"没什么事，就关心关心你。"

"得，拉闸吧。"

莎莎说的拉闸，就代表再见了。所以岱丰也没再回复什么，毕竟没什么可说的了。

"莎莎难道真如老杨所说的那样吗?"岱丰又开始琢磨这事了，虽然老杨极其不靠谱，但他再三强调，也难免不让人心里犯嘀咕。

算了，还是求救专业人士来解答吧，自己瞎琢磨也不是个办法。

岱丰拿起手机，准备向程一发出求救信号，希望他能在这片被迷雾笼罩的港湾里，为自己支起一盏明灯。

岱丰开始无比期待夜晚，期待这个夜晚，会得到自己想要的那个答案。

漾club

好自为之

局中局

"老杨，你看是这身好看，还是刚才那身好？"雪儿对着老杨扭来扭去，看得老杨眼花。

"我觉得都好看，你就是衣架子啊，没辙，往上搭什么都好看。"老杨尽情释放自己的求生欲。

"真的吗？那听你的，都买下来吧。"雪儿边扭着身子边低头打量自己。

"那还是得挑出个晚上吃饭要穿的啊。"老杨挠了挠后脑勺，倒不是心疼钱，毕竟晚上赴宴总不能穿两身去啊。

"对哦，还是得挑出一身来。"雪儿若有所思地噘着嘴，"算了，就身上这套吧，不然换来换去也麻烦。"

"行行行，我看行，这套显身材又衬气质，很好。"老杨看着面前的雪儿，一袭白纱裙，裙摆将将到膝盖处，白皙匀称的小腿一览无余，配上脚下踩着的高跟鞋，真是迷人无数。

"发什么呆呢，快去结账啦，不然等会儿又要急着赶时间。"雪儿嗔怪。

"好好。"老杨低头看了下时间，"是得抓紧进度了。"

"什么中文英语德语法语西语都不能打，PHP才是最好的语

好自为之

言。"程一感觉自己搞得头都要秃了，脑细胞全部集结在脑子中央，然后抱团毁灭，噼里啪啦地响。

"程哥，敲多少了？"旁边工位的衬衫男凑过头来打听。

"敲了六分之一，估计都不到。"

"行啊，我这费老鼻子劲才敲了八分之一，估计都还不到。程哥你是这个。"衬衫男朝着程一竖起大拇指。

"少嘲讽我了，你费什么劲了，我看你一会儿刷论坛一会儿看二次元的，能捣饬出八分之一已经是大拿了。我啊，才是绞尽脑汁。"程一把身子往后一瘫，后脑勺紧挨着椅子上沿，目光和天花板达成条直线。

"我最近新换了云南白药的防脱洗发水，感觉还不错，你可以试试。"

"我是不是已经开始秃了啊。"程一猛地起身，用手摸着颅顶，神情紧张。

"还行，挺茂盛的，倒也没那么稀疏。"衬衫男摸了摸自己略显贫瘠的头，叹了口气，"别等到像我这样了才去挽回，来不及了。"

程一看着衬衫男的头顶，陷入了沉默。

"老杨，你觉得我好看吗？"雪儿坐在副驾上，一边对着手机自拍，一边问老杨。

"好看，你是天下第一好看。"老杨瞪大了眼看着前方拥堵的道路，汗珠顺着额头缓缓往下滚动。

"你都不看我，就知道敷衍。"雪儿满脸的不高兴。

"少奶奶啊，我这不得看着路。我倒是想一直看着你，可这车它不会全自动驾驶啊。"老杨腾出右手来，用手掌抹了把汗。

"那就换，我们换个能全自动驾驶的。"雪儿自拍完，心满意足地把手机熄屏。

"干完这一单咱就换，只要有能全自动驾驶的车，就盘它！不过，好像还真没有。"老杨笑着扭过头看了雪儿一眼。

"有啊，不是那个特斯拉就能吗？"雪儿昂着头，像个孩子一样。

"哎呀，不行，那技术还不成熟，我可不能拿宝贝的生命开玩笑。"

"嘁，就你会说，小气鬼。"雪儿噘着嘴侧过身去，把和老杨之间的距离又拉远了一些。

"真的啊，我骗你干吗。"老杨伸着脖子往前看，好像道路渐渐地疏通了，车辆开始慢吞吞地挪动起来。

"应该不会晚吧。"雪儿看了下时间，"来得及，慢慢开。"

老杨点了点头，没有说话。希望这一单顺利拿下吧，这样就能带雪儿好好出去转转了。

老杨握紧了手里的方向盘。

"张总，晚上有时间吗？"岱丰想来想去，这件事还是应该向张总汇报一下。毕竟张总之前交代过自己要严格保密，现在工作出现失误了，虽然不太会出现什么问题，但坦白点终究是好的。

岱丰边看着屏幕上的微信聊天框，边用手不断敲击着桌面，这种等待重要消息回复的过程实在太煎熬了。

给程一发的求救消息还没有回应，不知道这个好哥哥在忙些什么。

岱丰越想心里越乱，好像很多事情的轨道缠绕在了一起，而他则是铁轨负责人，需要把这些轨道一条条地理清楚，避免出现追尾或碰撞的意外。

"莎莎到底……算了，先不想莎莎的事情，张总应该不会过多责备自己吧，但也不好说，毕竟这个项目很重要，交付给我就是表明对我很信任，然而自己却出现这种低级失误，让另一个team的负责人给发现了，唉。这事也是说小可小，说大可大的。"岱丰用双手捂住脸，胳膊肘撑在椅子两侧的扶手上，不停地往外呼气。

这时，一个聊天框在闪烁。张总给岱丰回复消息了。

"不好意思，今晚有约了。有什么事情吗?"

岱丰的双手手指交错在一起，牙齿轻咬着下嘴唇。直觉告诉他，有些不对劲。他平时约张总吃饭，倘若张总已经有约，会客气地喊着岱丰一起，因为基本都是些业务上的饭局。即便不是公司应酬，是家庭聚餐或者朋友相约，张总也不会像今天这样回复。

张总的反常让岱丰更紧张了。他开始轻咬着指甲盖，大脑飞速运转着，难道莎莎已经找了张总? 不会吧，那莎莎做得也未免太绝了。可如果不是莎莎，又怎么会如此巧合，张总今晚有应酬，而且态度明显地反常?

岱丰大拇指的指甲盖就快被他给咬秃了。

好自为之

　　不管怎么说，还是要先回复过去，不然就太不礼貌了。岱丰深呼一口气，手指在键盘上方悬浮着，不停地上下跃动，和空气撞击。

　　"那么该回复什么呢？"岱丰又陷入了沉思，算了，不想了，就简单点吧。岱丰抖了抖双肩，手指敲击着键盘，回复了一句："没什么事，就想一块喝喝酒聊聊天。那您先忙，等有时间了再约。"

　　岱丰望着聊天框，他有些犹豫，犹豫着要不要把心里的一股冲动给释放出来。他特别想问莎莎，是不是约了张总吃晚饭。但这种行为太傻了，纯属自杀式行为。岱丰默念着，劝自己不要做，不要让已经有些糟糕的局面变得彻底糟糕。况且，他现在还不能确定是莎莎在搞鬼，先不把莎莎代入一个坏人的角色里。

　　莎莎是个好姑娘。岱丰手半握成拳，轻敲着自己的太阳穴。离下班时间还有最后半小时，他盯着电脑屏幕左下角的时间，突然有了一个大胆的想法。

　　"您好王总，又见面了。"雪儿进了包间后，微笑着给王总打招呼示好。

"你好，半天不见，又漂亮了。"王总仍是面带微笑，目光像磁铁的负极，牢牢吸附在雪儿正极的身子上。

"王总休息得好吗，有没有哪里不适应？"老杨落座后，向王总表达自己的嘘寒问暖。

"很好，环境各方面都不错，谢谢杨总的款待。"王总虽是在和老杨说话，但视线却在老杨和雪儿之间来回游走。

"王总太客气了，款待算不上，这都是应该做的。我还一直担心哪里招待不周。"老杨还是感觉有些紧张，这种和财神爷近距离打交道的活儿，真应该把岱丰给带着，这样心里能踏实很多。

"哈哈，很满意，从这就能看出杨总是个细心的人。我喜欢和细心的人合作，一是省心，二呢，还是省心。"王总笑得合不拢嘴。

"哈哈哈，王总可真会开玩笑。"老杨脸上带着笑，心里却暗骂这是什么屁话。

"关于那个方案的事，王总您还有……"老杨还是有些着急，想着早定下来早安心，不然这屁股啊，一直坐不踏实。

好自为之

"没有，我很满意，就按你做的来。"老王抬了抬手，示意老杨打住，"今晚这顿饭呢，是大家结交个朋友，就先不谈生意。我很高兴认识你，杨总，也很高兴认识雪儿，谢谢你们的款待。"王总举起酒杯。

"谢谢王总，谢谢王总！实在太感谢了，能和王总做朋友，也是我的心愿。"老杨激动地想去端酒杯，第一下没端好，差点把杯子给摔了，赶忙用手扶稳，紧攥在手里。

雪儿也端起酒杯，微笑着看向王总，当和王总的目光对撞后，雪儿竟感到一丝娇羞。这让她感到诧异，是对方的目光太炽烈了吗？还是自己……雪儿的心跳开始加速，她有些不敢看王总了。

"今后我的这个品牌可就交给你了，杨总，可别让我失望啊。"

"王总您放心，我铁定把这个品牌给您做得红红火火，做成个聚宝盆！"

"哈哈哈哈！好，我信你。"王总再次举起酒杯。

老杨这次攥得结实，手的肌肤紧贴着玻璃杯身，都快给皮肤印上花了。

雪儿看老杨如此高兴，项目也达成合作了，但自己的情绪好像并没有起什么浪花。雪儿有些疑惑，按理说自己应该很兴奋啊，很激动啊，老杨很快就要带着自己去欧洲旅游了，怎么就没一点感觉呢？

雪儿刚抬头，就发现王总的余光还在看向自己，脸颊又开始发烫起来。而坐在一边的老杨全然沉浸在胜利的喜悦中，丝毫没有观察到雪儿的变化。

"下班了啊？"

"下班了，下班了。"岱丰刚开办公室门，就遇到同事打招呼，只能回应一下。

他轻踮着脚尖走在过道上，歪过头窥探着斜对面莎莎办公室的情况。似乎灯还亮着，她应该没有走。

岱丰扬起手腕看了下时间，已经下班二十分钟了，还好，不是很晚，正常来说莎莎也不会这么早就下班。

岱丰正要转身回办公室，莎莎办公室的门开了。岱丰赶紧快速后撤，生怕自己暴露了。

莎莎关上办公室的门，用钥匙锁上。岱丰缩在墙壁的后面，像小时候玩捉迷藏一样鬼鬼祟祟。莎莎这个点不下班没有问题，但这个时间点下班，就有问题了。

按照岱丰对她的了解，她不把手头上的事儿忙完是不会离开公司的，因为她说过，不喜欢把没做完的工作带到生活里，这样会让自己觉得不自在。所以莎莎在公司待到十点十一点那是常有的事儿。

但像今天这样只多待了二十分钟左右就下班了，只能有一种合理的解释：她有约会。

岱丰开始紧张起来，难道莎莎真的约了张总一起吃晚饭？那她约张总吃饭的目的是什么呢？把项目从自己手里夺走？可就这样夺走了未免也太过直接，等同于向自己宣战了啊！

岱丰还是觉得莎莎不是这样的女孩，虽然，虽然在岱丰心里，那个天平已经开始向不好的方向倾斜。

等莎莎下了楼，岱丰也蹑手蹑脚地下楼梯，他第一次体会到跟踪的乐趣。不，不能算作乐趣，毕竟岱丰此刻的心里没有一丝的快乐，只有紧张和不安。

莎莎今天开车来上班，倘若自己紧跟着她，似乎比较容易被发现？但也不能就这么算了，第一步都迈出去了，也不要就停在这一步了吧。岱丰看着莎莎钻入车内，关上车门。

局中局

"跟，跟！"岱丰等莎莎开车驶出公司大门，猛地一甩手，决定一不做二不休，今天不把事情弄清楚，他晚上回去也睡不踏实。

岱丰一路小跑，等到了车边，已经喘得不行。他大喘着拉开车门，一屁股坐进去，用右手轻抚着胸口，好像自己随时会一口气上不来就嗝屁似的。

"冲冲冲，让我们慢慢解开谜题的真相。"岱丰边用手转着方向盘，边念叨着。

夜色像墨汁，滴落在天空这张宣纸上，慢慢地渗透开来，光亮被一点点吞噬，挣扎也变得毫无意义。

就像此时岱丰的心情一样，仅剩的半点美好期许，也随着莎莎行进的方向慢慢被剥落，取而代之的是失望，还有焦虑。

如果岱丰没有猜错的话，莎莎就快停车了。因为离张总爱吃的一个菜馆，距离已不足1公里。他在内心祈求，莎莎不会在这个菜馆停车，就算停车了，也是和朋友吃饭，不会是和张总。

可这种自欺欺人又有什么意思呢？只是自己不愿去面对这个事实罢了。岱丰开始琢磨，老杨对莎莎的判断或许是对的。当局者迷，自己犯了和老杨一样的错误，被假象蒙蔽了双眼。

好自为之

汽车的车轮在滚动，而岱丰的心，就好像被绑在车轮上，每行进一步，就是在心脏上进行一次碾压。这种极为强烈的痛感，让岱丰痛不欲生。

"呼，呼，呼……"岱丰开到了饭店门口，莎莎已经停好车进去了，旁边不远，停的是张总的车。

岱丰突然感觉到有些难以呼吸，好像有块石头紧压在胸口，推也推不开，捶也捶不烂，就这么压迫着自己的呼吸道，浑身的血管也好像变得拥堵起来。

看来自己的推测都是对的，莎莎从自己办公室出去后，就约了张总吃晚饭。那吃饭的目的也就很明显了，肯定是对自己手上的项目有想法，觉得张总没有一碗水端平。眼下已经不是失去手上项目这么简单了，倘若莎莎以此来对张总进行要挟，说他流程不透明，那么……张总对自己算是彻底失望了。不单手上的项目泡汤，恐怕以后自己不会再有什么好项目可带。可莎莎这一招，未免也太绝了吧！这是明摆着要把自己逼向绝路啊！

岱丰猛地挥起拳头，恶狠狠地砸向方向盘，殊不知正好砸在了喇叭上。"滴"的一声巨响不光吓到了路人，把岱丰自己也吓了一跳。

在这儿守着也没什么意义了，回家冲个澡好好想想对策吧。岱丰晃了晃脑袋，力求让自己清醒一点，让自己试着去接受这个现实——这个被自己有好感的女人亲手送上绝路的现实。

风从车外划过，星星也出来了，在车尾紧紧追逐着。岱丰手握着方向盘，穿行在车水马龙中。就在几个小时前，他还忍受着感情上的煎熬，犹豫着要不要向莎莎迈出更近的一步，更是把希望寄托给了这个夜晚，祈求程一能帮自己一把。

现在呢，什么都不需要了。没有希望了，也没有情感了，只有这无尽的夜色，和岱丰内心深处无尽的悲痛。

原以为等这个项目落地后，自己会感情事业双丰收。现在项目没有落地，岱丰自己却从高空自由坠地了。如果老杨看到自己现在这副惨样，不知道会笑成什么样。岱丰面露苦笑，也不知道老杨今晚到底在忙些什么，要是能出来陪自己喝个酒就好了。对啊，这个时候真的需要老杨。

岱丰打算等到路口有红灯的时候，给老杨打个电话，让他不管今晚有什么事，都先放下，过来陪兄弟喝场酒。

"老杨，喂，老杨?"等电话接通后，岱丰大声喊着。

"啥事，快说，这会儿正忙着呢。"老杨那边说话声音特别小。

好自为之

"忙个屁，你兄弟都快惨死了，你还忙什么忙！"岱丰怒不可遏。

"你惨死什么惨死，你不活得好好的，这嗓门都能把死人给喊活了，你还惨死。"能听出老杨故意在压低着声音。

"不是，你在哪儿呢，跟做贼似的不敢说话，你是不是又去会所了？"岱丰心想老杨这王八蛋铁定没干好事。

"会什么会，跟财神爷喝酒呢，告诉你个好消息，我签了个大单子！能连着请你喝一个月酒都不带眨眼的那种大单子！"

"你今天晚上要是不出来跟我喝，老杨，估计你得带着酒去我坟头连着浇一个月。"岱丰越说越难受。

"不是，你什么事儿啊，说得这么凄惨。"老杨愈加地不解。

"老杨，我被莎莎给算计了，可能以后，这公司都没我的立足之地了。"岱丰感觉自己马上就要哭出来了。

"真的假的，莎莎下手这么快！我早就说了吧，这女人你搞不定，段位不知比你高多少了。你非不听，觉得自己蹚过女人河，万花丛中钻来钻去习惯了，这回栽了吧！"老杨慢慢拉高了嗓门。

"别扯这些，就说是不是兄弟，今晚陪不陪我喝这个酒！"岱丰有点耍无赖了。

"不是有正事吗,我这还没结束呢。"老杨再次压低了声音。

"你这生意都谈妥了,还在那儿窝着干吗啊?我给你说,大老板的屁股舔不得,你越是让自己当哈巴狗,在大老板眼里你就越是正儿八经的哈巴狗。行吧老杨,路你选吧,反正我自己先去了,来不来随你,老地方。"岱丰说完就把电话挂了,眼睛注视着道路前方,感觉笔直的马路好像变得弯弯曲曲起来,曲折异常。

"谁啊,出去这么久?"雪儿等老杨坐下,赶紧问。

"还能谁,岱丰个小王八蛋。"老杨低声说。

"杨总有事的话可以先忙,没关系,今晚也尽兴了。"王总笑着说。

"也没什么大事,就朋友那出了点情况,急着让我去看看。"老杨赔着笑,起身给王总倒茶。

"有事情就去忙,大家都是朋友了,可千万别见外,见外就生疏了。"王总说罢又看了看雪儿。

"是是是,王总说得对,以后大家都是朋友,互相关照。"老杨坐下后用胳膊轻捣了下雪儿,悄悄说,"岱丰那儿真出了点事,挺急的，我得过去一趟。"

雪儿听完一愣，低声回应："那你走了我咋办？"

"给你叫个车就行了，没问题的。"老杨悄声说。

"你们两口子说悄悄话还得防着我啊，哈哈。"王总饶有兴致地看着他俩。

"哈哈，没有没有，一些家事，不必叨扰。"老杨摆了摆手说，"王总，今晚真的很高兴，高兴我们能达成合作，高兴我们能成为朋友。我相信，以后我们的路会越走越宽，我们的生意会越做越红火！"

"说得好，来，杨总，再走一个，时间不早，我也该回去休息了。"王总端起酒杯，示意大家一起举杯。

雪儿也端起酒杯，她看向王总，感到一些莫名的吸引。虽然她也在会所待过那么几天，见过不少大款老板，但从没有一个像眼前的王总一样具备魅力。可能这就是涵养吧，会所里的那些都是土老帽。

酒罢，三人都从座位上起身。"你去忙事情，不带着弟妹啊。"王总打趣道。

"哈哈，不带了不带了，正好她也有些累了，回家休息也是好的。"老杨搂住雪儿。

"理解理解，要不我安排司机送她回去？"王总表现得很热情。

"太麻烦了，王总，我给她叫个出租车就好。"老杨心想这王总还真是讲究，是个值得深交的朋友。

"刚还说别见外呢，这就开始了。"王总拍了拍老杨的肩膀，"大晚上的，又是一个人，我安排司机，总要比出租车安全得多吧。"

老杨看向雪儿，雪儿没有表现出抗拒。"那，那就有劳王总了，这刚开始就给您添麻烦，还真是不好意思。"

"哪里的话，大家都是朋友，再说，这点小事，应该的。"王总有意无意地看向雪儿，吃饭时只看到雪儿的半身，现在整个人一览无遗，玲珑有致的身材加上白纱裙和性感的高跟鞋，王总感觉自己被深深地迷住了。

"那我先走了，有劳王总了。"老杨说完给雪儿告了别，匆匆走向电梯。

"杨总也是重兄弟情的人啊，为了朋友，能把如此美貌的女人置之不问，哈哈。"王总笑着说。

"他，他这人就这样，我都习惯了。"雪儿低着头，不敢直视王总。

"哈哈，有些事倒也不能习惯。我安排司机送你回去，还是，我们再聊聊天？"王总转过身来看向站在一边低着头的雪儿。

"我……"雪儿感觉自己的呼吸有些急促，她对自己目前的状态感到害怕，这种问题理应快速作出回应的，让王总安排司机送自己回家，可是，现在自己竟有些犹豫，这是为什么呢？

"嗯？你怎么了？"王总稍微弯下腰，让自己和雪儿离得更近了些，他嗅到了不知是雪儿头上洗发水的余香还是身上香水的芬芳，总之，味道很好闻，有些令人上头。

"聊，聊什么，我也不懂业务方面的东西。"雪儿有些不知所措，双手紧攥着挎包，显得极为紧张。

这些小动作自然逃不过王总的法眼，老江湖的他微微一笑，他明白，今晚的雪儿，应该是属于他的了。

"岱比，我可是把媳妇和老板都扔了，来陪你喝酒，你这可欠我一个大人情。"老杨等酒上来，拍着桌子说。

"行了，我知道，都在我心里呢。"岱丰有气无力地说。

"你心里有个屁，你心里只有那个娘们。我很早之前就给你说了吧，别招惹，别碰，离远点，你玩不过人家。嘿！你还把我骂一顿，说我自己缺德就算了，还把人家想那么坏。行，我缺德，我缺德扔下媳妇和大老板，跑来安慰你，陪你喝酒。"老杨的这张嘴，就没饶过人。

"老杨，你少说两句不折寿，行吗？我喊你过来就是数落我的？"岱丰边说边倒酒，"现在这个情况很糟糕，你说我该怎么办？"

"有多糟糕？事儿还没跟我说清楚呢。"老杨夹了一筷子凉菜，本来晚上就没怎么吃，肚子到现在还是空的。

岱丰清了清嗓子，把下午发生的事一五一十地给老杨讲述了一遍。

"这娘们也太狠了吧！"老杨猛地拍了下桌子，附近的人投来鄙夷的目光。

"你小点动静。"岱丰呵斥道。

"不是，这招也太损了吧，得多耐不住性子啊，下午的事，晚上就找张总告状去。"老杨喝了口啤酒，"还是啤酒好喝，那些乱七八糟的洋酒都什么味儿啊。"

"哎，老杨啊，你得知道，这项目的利益有多大，其实换谁谁都得心动。只是莎莎这样，我确实接受不了，当然这事也怪我，这么重要的文件就撂桌上放着，也确实不小心。"

"你这不是不小心，你这是没脑子。"老杨又猛喝了一口，一杯啤酒两口下去见底了。

"那你说，现在该怎么办？"岱丰拿起酒瓶，给老杨满上。

"要我说啊，对方已经如此不要脸了，你也不能给她留情面。直接问，你晚上跟张总约吃饭都聊什么了？"老杨开始出主意。

"我觉得不行，你这么问不占理啊，人家和领导吃个饭也很正常啊，我凭什么去打听？人家也没理由告诉我啊，不行不行。"岱丰边说边摆手，认定这招是个臭棋。

"那，那你找张总，把这事挑明了？"老杨也有些犹犹豫豫。

"这个我倒也想过，可是吧，万一张总想当此事没发生过，息事宁人呢？我再去主动提，好像主动破防了？"岱丰挠了挠后脑勺。

"那你这进退两难的，你想怎么办？"老杨也想不出什么好主意。

"唉，我要是知道还喊你来干什么。"岱丰耷拉着脑袋。

"要不，约百灵出来？至少女人应该比我们更懂女人吧。"老杨试探性地问了一句。

"别别别，老杨你千万别喊，喊了我就跟你急。"岱丰打了个激灵，好家伙，这要把百灵给喊来，不得嘲讽死自己。他已经能想象到百灵那张幸灾乐祸的脸了。

"咱俩这也商量不出什么对策啊。"老杨给自己倒酒。

"明天我去她办公室一趟，找她聊聊天，探探口风？"岱丰看着老杨说。

"试试呗，虽然我觉得你也探不出什么来，还是那句话，你根本就玩不过人家，莎莎把你吊起来捶。"老杨端起酒杯，嘴里还嚼着花生米，"光跟你在这儿吹，忘了问雪儿到家没。"老杨回过神似的又把酒杯放下，从兜里摸出手机来。

"你开车过来了，雪儿怎么回去的？"岱丰给自己也满上。

"本来想给她叫出租的，结果我那生意伙伴，王总，安排司机送她回去。"老杨拨出去号后把手机贴放在耳边。

"你这王总还挺讲究。"岱丰喝了口酒，脑子里还是想着莎莎。

"是啊，人真挺好的，还痛快。我跟你说，岱比，这笔生意要是谈成了，我日子就过舒坦了。过几天打算带雪儿去欧洲玩一圈，你要不请个假一块跟着散散心？"老杨说着说着，脸上就开始释放笑容。

"拉倒吧，我哪有这个心思，就算有这个心思啊，我也没这个闲钱。"岱丰看着老杨春风得意的样儿，气不打一处来。

"怎么不接电话啊。"老杨念叨着放下手机。

"估计洗澡了，你这会儿才想起人家来，都几点了。"岱丰用手指了指手腕上的表。

"应该是，可能都洗洗睡了。你还说我？要不为了你，我能……"

"行了行了，别说了，你丫台词我都会背了，为了我抛妻舍业，行了吧。"岱丰发现喝酒这个事儿，真的看心情，按常理来说，这点酒压根就只能算开胃。但今天意识已经有点模糊了，有些天旋地转的感觉。在沮丧情绪低落的时候，就很容易陷入这种状态。

"你丫不会开始晕了吧，我看你这状态怎么不对劲呢？"老杨发现岱丰的状态有些异常。

"我，我没有，你别瞎说。"岱丰说着说着，就觉得自己不行了，原本印在脑海里的莎莎画像，不知被谁丢了一个石子进去，把水面荡开了，莎莎不见了，自己也陷入了漩涡。

"程哥，还加着班呢？"同事从过道走过去，看到程一工位上还亮着灯，就打了声招呼。

"嗯嗯，加会儿班。"程一冲同事笑了笑。

"阿程，你还在加班呢。"一个冷冷的声音突然在耳边响起，听起来就像小时候看的鬼片里女鬼的声音。

"谁啊？"程一吓得一哆嗦，扭头一看，原来是秦月在捣鬼。

"我说，你是不是真是女鬼变的啊，怎么天天走路都没声音的。"程一不停轻拍着胸口，真是差点被吓死过去。

"哈哈哈哈，瞧你这胆小鬼的样，我真没想到能把你吓这么惨，哈哈哈！"秦月真是像个小孩子一样，没大没小，没个正经。

"大晚上的，你不回家在这儿干吗啊？"程一就是没被吓死也要被气死了。

"你不是也没回家，你在干吗我就在干吗，真以为全公司只有你一人热爱工作啊。"秦月白了程一一眼。

"喊，无聊。"程一不想搭理她，接着敲自己的代码。

"您老人家不是晚上有约吗，这是跟谁约的啊？"秦月轻推了下程一的肩膀，开始挑衅。

"我，我跟PHP约会啊，你不懂，我们程序员的情人就是PHP。"程一故作镇定地假装敲键盘。

"你还狡辩，看本姑奶奶不好好修理你！"秦月说着就要拿起旁边椅子上的抱枕。

"别别别，你悠着点。"程一很担心马大哈的秦月又做出什么鲁莽举动，给自己周边造成不可挽回的破坏。

"你今晚不回家工作，怎么在这儿待着啊?"秦月双手按在程一的椅子上方，看着程一的电脑屏幕。

"你是不是管得有点多啊，我在哪儿工作也要你管。"程一没好气地说。

"我没有管啊，我只是好奇，你晚上不回家开播电台，在这儿耗着做什么?"秦月边说边轻摇着头，精灵古怪的样子很是可爱。

程一闻之一震，身子好像过了电似的抽搐了几下。"我，我不知道你，你在说什么。"

"喊，本姑奶奶都发现了，还藏着掖着可就没劲了。说吧，你个情场浪子，泡了多少小姑娘才能如此经验丰富，懂得那么多?"秦月越说越离谱。

"你能不能不要瞎说!"程一听到这话明显生气了，"污蔑别人很好玩吗?"

秦月显然没料到程一有如此大的反应，一时间也有些惊慌失措，"我，我就开玩笑的嘛，你别较真，别生气嘛。不过你，你承认了自己就是那个主播对吧。"秦月说完激动地拍了拍手，好像华生找到了盲点一样。

"我可没承认，你别乱扣帽子，我就是个程序员，主什么播。"程一还在试图掩盖，希望能蒙混过关。

"非要我让你现出原形才承认吗!"秦月看起来一副胜券在握的样子。

"你是怎么知道的?"程一小心翼翼地问。

"那你就别管了。"秦月又开始摇头晃脑地得意起来，"不过我还是很好奇，按理说今晚你要开播啊，怎么这个时间点了还没回家。"

"意外啊，金大哥下班前特别强调，明天上班前必须要调试好，我想跑也跑不掉。这个拿回家去很难搞，在这儿倒会方便一些。"程一叹了口气。

"这样啊，那我就明白了。"秦月若有所思地点了点头，"那你现在弄得怎么样了?"

"现在啊，进度到98%了吧，还差一点点。你要不来烦我的话，这会儿我应该就关机下班了。"程一瞥了秦月一眼。

好自为之

"怪我咯。"秦月吐了舌头,"那我请你吃夜宵好了,我打会儿游戏,你好了叫我,正好我也饿了。"说罢,秦月就坐在了衬衫男的椅子上,摸出手机来准备打游戏。

程一刚想说什么,想想还是算了,毕竟下午已经骗了对方一次,再拒绝的话,确实不合适。程一叹了口气,只好认栽,把注意力集中到电脑屏幕上,进行最后的冲刺。

老杨真没想到岱丰喝了区区几瓶啤酒就醉成这个熊样,所以怎么送他回去也是很让人头疼的问题。在思索的阶段,雪儿给老杨回了个电话,如岱丰所说,她刚才在洗澡,没有听到,问老杨什么时候回来。老杨把这纠结的局面告诉雪儿,说估计还要再晚一会儿,让她先睡吧,不用等自己。

老杨想来想去,最佳方案只能是给岱丰叫个代驾,然后自己也跟着送他到家。等到了小区,老杨把岱丰搀扶进家,安顿好一切后,自己再下楼打个出租车坐回来。然后再给自己叫个代驾,送自己回家。

这折腾的,真是绝了!老杨越想越头疼,岱丰今晚尽添乱了,一晚上给自己找了这么多麻烦。但没辙,谁叫两人是穿一条裤子的铁哥们呢。

把岱丰搀扶进家也是异常地费劲，不知道这家伙最近偷吃了什么好东西，体重飙升明显，老杨一个人架着还是比较吃力。

把岱丰扔到床上后，老杨把他的鞋用脚给踢了下来，看了看岱丰身上的这身行头，感觉不是很好脱下来，想想还是算了，以免脱到一半岱丰酒醒了，再产生一些不必要的误会。

折腾完这一圈到家，已经快 12 点了。老杨蹑手蹑脚地进家，把房门轻轻地关上，再蹑手蹑脚地走进卧室，发现雪儿已经侧身睡了。

老杨深呼了口气，今晚没能和雪儿好好庆祝下，等明天一定要带她好好玩一玩。他边想边解开衬衫扣子，把衣服脱了，准备去洗澡。

就在老杨穿着拖鞋轻轻走出卧室的那一刻，雪儿点亮了自己的手机，给备注名叫王总的人发了条消息：老杨回来了，先不说了。

卫生间传来微弱的水声，雪儿闭上眼睛，一时间竟分不清自己此刻是在老杨的家里，还是在酒店王总的房间内。

好自为之

算计

算计

岱丰有些忘了昨晚和老杨都沟通出来什么解决方案，他坐在办公室里努力回想，挖掘记忆，也没琢磨出什么有用信息。

兴许老杨就没给出什么招儿，就他那智商系数，指望他也不可能。

岱丰边想边琢磨，的确回忆不出丝毫能和"如何处置莎莎"有关的片段，基本都是吐槽。吐槽就没什么好回忆的了，毕竟现在让自己来段半小时不重复的批判与斥责，岱丰也能张口就来。

关于那个项目，岱丰始终耿耿于怀，眼看着升官发财就在上空，结果刚想几步蹭上去，云梯让人给撤了。这都什么事儿啊！

岱丰越想越气，恨不得把眼前桌上的水杯拎起来给砸了。但这样泄恨也没有用啊，眼下已经形势紧迫，莎莎明摆着是夺权了，这么一大块蛋糕划走，她们团队估摸着是吃饱了。可自己呢，手下这几个弟兄也都是大胃王，万一这次玩栽了，那就赔好吧，这帮人压根就不能让自己饿着肚子，铁定要么闹事要么单飞。

岱丰把手中钢笔扔到桌面上，叹了口气。难以想象，就在这件事发生之前，自己还对莎莎充满了好感，认为她或许会是命中注定的那个人。现在看来，命中注定是没错了，那个人也对，就是并非带来幸福与爱的，而是卷着不幸来捆绑住自己的。

好自为之

"不行，阳刚男儿怎能坐以待毙！"岱丰攥紧拳头捶了下办公桌面，怒不可遏地站起身来。

"可大丈夫能屈能伸。"岱丰又小声嘀咕着坐下了。

"但这股恶气能咽得下吗！"岱丰又直起身捶了下桌子。

"但不咽能怎么着啊，火都烧到张总那儿了。"岱丰又蔫蔫地坐下。

"烧就烧了，老子连他一块干！"岱丰这次捶得比之前都用力，站起来时身子也微颤着。可话说了一大半，办公室的门就被推开了，露出张总的半截身子。

"小丰，你这要连着谁一块干啊？"张总用手轻扶了下眼镜，笑着问。

"没有，没有。"岱丰赶忙摆手，"朋友的事儿，朋友的事儿。"岱丰吓得冷汗都要冒出来。

"年轻人啊，还是不要太莽撞，处理事情温和一些。"张总边说边进门，拉开岱丰办公桌前的椅子坐下。

"是是，张总说得对，我是有点太生气，没克制住情绪。张总见笑了。"岱丰一直站着没敢坐，双手不停揉搓着。

"坐吧。"张总示意岱丰坐下说话。

算计

"张总有何工作指示?"岱丰坐下后,感觉心就要跳到张总的脸上去了。

"没什么指示,就是挺久没见了,过来看看你。"张总有意无意地翻看着岱丰桌上的文件,"最近怎么样啊,上次交代给你的那个项目——"

"关于项目的事,我正想找您说。"张总的话还没有说完,就被岱丰打断了。

"嗯? 有什么问题吗?"张总把手里的文件放下,看着岱丰。

"莎莎没和您说吗?"岱丰试探性地问了一句。

张总闻言皱了下眉,一闪而过,随即又微笑着看向岱丰,说:"莎莎? 哈哈,你的项目,莎莎会找我说什么?"

岱丰越听越紧张,总觉得张总在布什么局。

"我不知道现在还是不是自己的项目了。"岱丰谨慎出招。

"此话怎讲?"张总眯着眼看向岱丰。

"张总,您就别跟我绕圈子了,莎莎是不是去找您了?"岱丰实在不想兜圈子了。

"是啊,是有这么一回事儿。"张总笑着说,"但她找我,和你的事情没有任何关系啊。"

"没关系？不可能吧，张总，她，她可是……"岱丰支支吾吾的，在犹豫要不要全盘托出。

"可是什么？"张总向后倚在座椅的靠背上。

"可是莎莎，莎莎前天来我办公室串门，发现了那个项目的文件。"岱丰小心翼翼地说出每一个字。

"有这事？"张总听到后直接从座椅上弹了起来。

"嗯。"看张总这么大的反应，岱丰心里更加慌乱。看起来张总也不像演戏啊，似乎真不知道这事儿。可如果真是这样的话，那天晚上他和莎莎在一起干吗呢？岱丰越想脑子里越杂乱，没什么头绪。

"你确定莎莎看到那个项目了？"张总好像陷入了沉思。

"是看到了，我那天下午本打算在办公室好好研究研究这个项目，可是手头突然来了事儿，就把文件放在桌子上，等忙完了再看。谁想到哪能这么巧，莎莎就过来串门了，我想着要是直接把文件收起来，她看见这一举动肯定会怀疑，倒不如就放桌上，先找个东西盖住。但还没等我找好东西，莎莎就走过来有意无意地翻了翻我桌上的东西，把项目文件拿起来看了看。"岱丰一口气说完。

"有点奇怪啊。"张总右手撑着椅子扶手，两根手指头不停抚摸

206

着自己下巴上的胡须。

"是吧张总，我也觉得不对劲。"

"那你当天怎么不立刻告诉我？"

"不是，我当时没想那么多，觉得莎莎顶多就会抱怨几句，没想到……"

"小丰啊，如果换作是你，你就只抱怨几句吗？这可是一个千万级的大项目啊！"张总脸上的笑容渐渐消失。

"所以莎莎去找您的时候，我就慌了。"岱丰低下头，不敢直视张总。

"你怎么知道莎莎去找我？"张总回过神来，觉得不太对。

"我那天正好和朋友约了吃饭，路过那家饭店时看到了莎莎和您的车，就……"岱丰可不敢把跟踪的事说出来，这要是抖出来，明天就直接去保安亭报道吧。

"我要是说，莎莎找我根本就没提这事儿呢？"张总严肃地说。

"没跟您提这事？那她找您是……"岱丰觉得很不可思议，莎莎竟然没和张总说这件事？不可能吧！那她约张总吃饭是为了什么？

"有别的事情，等下再告诉你。小丰啊，现在问题很麻烦。"张总的脸色看起来有些难看，"可能不再是这个项目还能不能留给你，而是我们还能不能拥有这个项目的问题。"

"啊！我记得已经签订初步合同了啊，对方应该不会违约的吧！"岱丰认识到了问题的严重性。

"这么说吧，违约金在利润面前九牛一毛。"张总抚摸胡须的手停下了。

"那当时怎么就签——"岱丰话还没说完，被张总制止住。

"你晚上约莎莎出来谈谈？"

岱丰有些为难，前天约莎莎吃饭被拒了，这没过两天，又要发出邀约，面子上挂不住是小事儿，莎莎肯定也会怀疑吧。

"我不去，就你们俩。"张总双手交错在一起，长嘘了口气，"小丰啊，莎莎这个女人，不简单。你不是她的对手，可能我也不是。"

"不会吧，我不是她的对手这点我承认了，可张总您，我可不认。"岱丰觉得张总有些夸大，莎莎心机是深了些，但他觉得在张总面前，应该还是个雏儿。

张总闻言苦笑着摇了摇头，"你听完我下面说的事情，就知道了。"

算计

"张总这老狐狸，藏得挺深啊。"莎莎从岱丰办公室回来后，坐在椅子上用手转着笔。这么大的项目，全让岱丰给拿了，一点儿动静没有，说老张没点歪心思是不可能的。

莎莎明白，张总这样制衡是怕自己起势造反，毕竟相比较岱丰，自己手里的资源渠道要丰富得多。但坦白说，自己也没有造反篡位的想法，张总这个位置也没有那么吸引人。莎莎要做的，远比篡位来得要凶狠。

原打算按计划慢慢来，可眼下局势似乎容不得自己放缓脚步了，本想尽量给张总减少些损伤，但他自己硬把脖子伸到刀下面，可就怪不得别人狠心了。

莎莎把笔放在桌面上，拿起手机，在屏幕上滑动着找联系人，当滑到一个备注为"宝贝"的名字时，她停了下来，脸上露出一闪而过的甜蜜微笑，然后按下了拨通键。

"喂，在忙吗，嘿嘿，有个事想给你说，我们需要……"

挂断电话后，莎莎心满意足地趴在桌子上，双手伸放在前面，显得轻松慵懒。

如果不出意外的话，大概过十分钟，张总就会给自己发消息。

莎莎把手机攥在掌中，她只需要静静等待就好。莎莎嘴里轻哼着歌曲，翻看着关注的订阅号推送，看了有五六分钟，微信弹出提示，张总发消息来了。

"莎莎，晚上有时间吗？"

莎莎看着这句话，忍不住笑了，看来计划进展得很顺利嘛，好的开始是成功的一半。

"有啊，张总，是有什么安排吗？"莎莎敲下了发送。

"哈哈，安排算不上，晚上一起吃个饭吧，有个朋友想认识认识你。"

"认识认识我？不会吧张总，这难道是传说中的相亲局？"莎莎让自己代入剧情中，演得更逼真些。

"那倒也不是，认识认识也挺好的，人不错，也算是我们的合作伙伴。"

"既然张总都说啦，我也不能拒绝。晚上见吧，谢谢张总。"

"谢什么，别客气。地方我都订好了，等下给你发位置。"

"嗯嗯，好的。"莎莎发送完这一条，攥着手机站起身来，伸了个大大的懒腰。

想到两个很是熟悉的人要装作不认识，在别人的介绍下互相寒暄，这场景可真是有意思呢。

算计

就在莎莎打算再去打个电话报喜的时候，微信又弹出一个消息提示，岱丰发来了消息。莎莎猛然醒悟地"喔"了一声，想起岱丰约自己晚上吃饭的事，哈哈，这个小傻瓜，真是傻得可爱。

莎莎打算先发制人，堵住岱丰再次确认晚上邀约的嘴，先说自己有事，饭局是去不了了。

哈哈，这个小傻瓜肯定会愣住了。莎莎实在忍不住笑了，虽然觉得有些恶毒，但没办法，谁叫你撞枪口了呢。

如果在大学期间，遇到岱丰这样喜欢自己的男孩子，可能会试着在一起谈个甜蜜的恋爱吧。傻傻的很单纯，幽默有趣，应该会是一段愉悦的时光。可是，现在不同啦，自己明白需要的是什么，毕竟甜蜜的爱情不解饱。

莎莎在结束和岱丰的对话后，觉得心里有些堵，但具体怎么堵，她也说不明白。好像有股倔强的情绪拦在心房门外，高昂着头，虽然躯体在一点点被血液冲刷掉，但好像并未影响它坚毅的眼神和伸开的手臂。

那个眼神，好熟悉，像是岱丰的。

和宋威的相识，对莎莎而言就像一场梦。是美梦还是噩梦？莎莎至今不清楚，可能就算两人有了结果的时候，她还是不知道。

好自为之

在与宋威相识前，莎莎就听过业内传闻，什么"最帅总监""才气男神"之类的赞誉，这些词语其实没多少新意，放在太多人身上，听过太多次。所以莎莎对此也没感到任何惊奇或期待，觉得无非又是一个被硬捧出来的花瓶罢了。

可有些结论存在的意义就是等着被推翻。当莎莎第一次见到宋威时，这些存储在脑子里的想法，就被推了个精光。

"怎么会有如此迷人的男人呢！"这是莎莎的唯一感受。

"知道你们公司里是谁在负责这个项目吗？"宋威优雅地切着盘里的牛排，看了看坐在对面的莎莎。

"我，我不清楚啊。"莎莎感觉整个人还是蒙的，他哪里来的自己电话号码，邀请自己共进晚餐又有什么目的呢？

"你猜猜，毕竟你这么聪明。"宋威用毛巾擦了擦嘴，微笑着说。

"张总吧，应该是他。"莎莎觉得这个问题很无聊，那么大的项目，铁定张总亲自掌舵。

"也对也不对。"宋威拿起杯子喝了口果汁，"表面上确实是张总在负责，但他把这个项目，交给了另一个人。"

"另一个人？谁啊？"莎莎想不出公司里除了张总，谁还更有资格。

"岱丰。"宋威朝着莎莎挤了下眼睛，笑得像个孩子。

"不可能吧，岱丰太嫩了，吃不下的。张总肯定不会冒这个风险。"莎莎认为这是在开玩笑。

"你这个反应很正常，此举确实让人难以相信。"宋威端过莎莎面前盛放牛排的盘子，再拿过她的刀叉，帮她一块块切好，"再不吃掉可就影响口感了。"

"张总这是为了什么？"莎莎低着头念念有词，她实在想不明白，这么大的项目，怎么会放权给他？

"原因很简单啊，张总这个人你也知道的，老江湖。知道自己退居二线是早晚的事情，与其被人逼宫，不如退位让贤。那么问题就来了，主动让贤的话，选择权就在自己手上，是交付给一个难以把控的女强人呢，还是交付给乖乖听自己话的傻男孩？莎莎，换作是你，你怎么选？"宋威说话的工夫，已经把牛排切好了，"快吃吧，这家牛排的味道、口感都很棒。"

莎莎从宋威手中接过盘子，连谢谢都忘记说，脑子里还在琢磨这个事情。

"你怎么知道得这么详细？"莎莎有些疑惑，好像宋威全程参与

好自为之

了一样。

"哈哈，要善于用这个嘛。"宋威笑着用手指了指自己的脑袋。

"喊，说我没脑子咯。"莎莎翻了个白眼。

"那我可没说。"宋威耸了耸肩，仔细看着眼前这位貌美女子，气质和容颜都让人着迷。

"今天邀请我来，不只是吃一顿饭这么简单吧?"莎莎饶有兴致地看着宋威，想听听他葫芦里卖的什么药。

"哈哈，想必莎莎姑娘也明白我的用意了。"宋威又把球给踢了回去。

"我可不明白，还请宋公子告知。"莎莎说罢就低头吃被分切好的牛排，嗯，口感确实不错。

"我帮你把这个项目抢回来，利润五五分成，怎么样?"宋威突然凑向前去，吓了莎莎一跳。

"抢? 你怎么抢? 张总那一关，怕是没那么好过吧。"莎莎边吃边说。

"这个你放心，我自有办法。"宋威邪魅一笑，笑得莎莎的心跟着一颤一颤的。

"你知道等项目结束后，我们能赚多少吗?"宋威发现在搅动咖

算计

啡的莎莎似乎有些发呆。

"多少?"莎莎回过神来,停下手上的动作,把目光毫无保留地献给对面坐着的男人。

"这些。"宋威伸出手指头,比了个三的手势。

"三十万?"莎莎皱了下眉头。

"那当然不是。"宋威没忍住笑了出来,"三百万啦,呆子。"

"啊!"莎莎惊呼了一声,意识到声音有些大后赶忙捂住了嘴,"真的假的,有这么多?"

"对啊,不然这个项目会这么抢手,我告诉你,利润足得很!"宋威凑过去点,低声说。

"能成吗?"莎莎还是有些不敢相信。

"只要按计划进行,就没问题。"宋威端起咖啡喝了一口,"反正我这边已经搞定了,就等老张安排饭局,把咱俩凑一块。"

"也挺有意思,到时怎么演,最熟悉的陌生人?"莎莎笑着问宋威。

"哈哈,算是吧,反正你可得绷紧了,别到时没忍住笑得那个欢。"宋威还是有些担心。

"不会的啦。"莎莎抓住宋威的手,攥在手里。

好自为之

"张总，不好意思，路上有些堵，迟到了。"莎莎刚进包间，就赶忙致歉。

"我不介意，得问问宋总，哈哈。"张总边说边轻拍了拍坐在身边的宋威。

"没事没事，下班高峰期，路上肯定会堵些，可以理解。"宋威微笑着说，目光躲躲闪闪，尽量不与莎莎碰撞。

"哈哈，宋总怜香惜玉嘛。"张总边说边笑着示意莎莎坐宋威旁边，偌大个包厢，只坐了三个人，显得极为空旷。

"宋总是我们合作公司的项目负责人，年轻有为，不可多得的俊才。"张总给莎莎介绍。

"您好，宋总。"莎莎主动伸出手。

宋威愣了一下，迅速调整好面部表情和状态，礼貌地伸出手迎接，握了一下。

"您好，莎莎，一直听张总提起您，早就想认识认识。"

"点菜吧，看看有什么爱吃的。"张总笑着看向两人。

"不是，张总，您明知道宋威是这个项目的负责人，为什么还让他俩见面呢？"岱丰听着听着有些迷糊，不太明白张总这个举动的用意。

"唉，宋威经常有意无意地跟我提起莎莎，说听闻你们公司有个美女leader。一次两次的我也就装作听不见，可次数多了，很难再去忽略这件事。况且我起初以为他只是对莎莎有兴趣，毕竟两人都是单身青年，出现些火花好感什么的也很正常。"

"可您没想到两人会联合起来将咱们一军吗？"岱丰真想不到张总会犯这种低级错误，难道智者千虑必有一失？

"怪我，确实怪我啊。"张总叹了口气，"我怎么也想不到，莎莎隐藏得这么深，其实不瞒你说，我一直把莎莎当个小孩子，总觉得小姑娘很上进又懂事，是个潜力很大的人才。有些事情，确实也会多照顾一些，毕竟女孩子嘛，一个人一步一个脚印走到现在，不容易。"

岱丰面色凝重，其实张总说的话，也完全能理解。倘若把自己放在张总的这个位置，或许也会做出同样的选择。

"后来呢？"岱丰追问道。

"后来就没什么，吃完饭我就回了，宋威应该把莎莎送回了家。"张总抬起手腕看了下时间，"我等下还有个会，晚上你约莎莎出来谈谈，有什么问题随时告诉我。辛苦了。"张总说完，起身拍了拍岱丰的肩膀，从办公室离开。

"这！把球踢给我了。"岱丰越想越气，现在倒觉得自己没犯什么错，是张总埋下了恶魔的果实，自己这事儿顶多算浇了点水，不能算主责。

可怎么给莎莎说呢？这确实是个问题。岱丰急得挠头，张总这甩手掌柜啊，一句话就把事儿给吩咐了，用脑子想想也知道，莎莎肯定不会赴约的。

拒绝是拒绝的事，但不去发出邀请就是自己的事儿了。岱丰也明白这个道理，不能给人留把柄。

"莎莎，我不信你今天还能再拒绝我的真情邀请。"岱丰舰着脸又给莎莎发了一条消息。

"你不信的事儿多了，但这事儿确实得信。我最近太忙了，等忙完这阵我请你，地方随便挑。"莎莎的秒回让岱丰心灰意冷。

每到这个时候，他就特别需要老杨，需要老杨来给自己一些心理慰藉。

"老杨，喂，老杨，干吗呢？晚上出来喝酒呀。"岱丰给老杨拨过去电话，刚一接通，就发出了热情的邀请。

"你丫能不能好好说话，怎么还掐着嗓子，你是进东厂了还是怎么着?"老杨的嗓门和岱丰的细声细语形成了鲜明的对比。

"你能不能用点好词,我这不上班吗,说话声音就小点。赶紧的,晚上喝不喝,有要紧事找你商量。"岱丰心里默念着,老杨你个王八蛋别拒绝我,千万别拒绝。

"你先说什么事儿,我看值不值得出马,最近一堆事要忙,没多少闲工夫。"老杨说得比较委婉,没有直接拒绝。

"都说了要紧的事儿,十万火急,缺你不可!"

"拉倒吧,你天天都要紧的事儿,你越是这么说我越是不想去。"老杨早看破了岱丰这一套。

"莎莎的事,真的,很急,你肯定感兴趣。这姑娘可真是一角儿,把我和张总两人耍得团团转。"

"我就说吧,你玩不过她,嘿,宁死不听,觉得自个儿雄才伟略的,厉害着呢。"老杨乐得不行,没有一丝同情。

"你可闭嘴吧,幸灾乐祸数你最在行。晚上老地方,不见不散,谁来晚了谁吹五瓶。撂了吧。"

岱丰挂断电话,把手机放在一边,然后趴在桌子上发呆。他打算就这么耗完下班前的时间,毕竟自己也没什么事可干。

好自为之

"不用想了，你们完了，你也别想再找莎莎出主意了。"老杨给自己的杯子满上，泡沫出得有点多，眼看着就要溢出了，他赶紧低下头吸了两口。

"但张总的意思是还让我……"

"要我说你就傻，这张总明摆着拿你当枪使，还看不出来啊。这事儿就当翻篇了，那个钱啊，不挣也罢。"老杨拍了下桌子，示意岱丰清醒点。

"那你什么意思？"岱丰没搞清楚老杨的意见是什么。

"张总，我虽然没见过，但从这事儿就能看出来，老狐狸一个。莎莎就不说了，心机贼深，玩八个你跟耍猴似的，也很简单。你看啊，这么大一个项目，张总放下来交给你，图什么？图你手里资源比莎莎好呢，还是图你屁股翘？"

"你少来，说点正经的。"岱丰无奈地笑了笑。

"他就是拿你当个枪，先往你这枪膛里塞点弹药，日后和莎莎博弈的时候，能来个先发制人。"老杨咽啤酒比咽茶水还快。

"你是说，张总拿我来制约莎莎的？"岱丰好像明白了一些。

"对啊！你可算着道了！你想啊，老张都这个岁数了，其实没几年了，我是说工作上。但这家伙估摸着欲望强，我是说事业上，

算计

肯定不甘心就这么退了。所以啊，给自己留条后路，以后接着捞钱。莎莎是肯定不行，他把控不住，而且以莎莎目前的能力，估计单吃张总都没问题。所以呢，他就瞄准了你，拿你来当博弈的工具。"老杨分析得头头是道。

"行啊老杨，要我说你别当什么狗屁爱情大师了，搞搞厚黑学什么的完全行得通嘛，是块好料！"岱丰表示赞许。

"滚蛋吧，老子还用你来夸。你就是个榆木疙瘩，难教得很。"老杨一脸嫌弃的样子。

"那我现在该怎么做？"岱丰虚心讨教。

"什么都别做就好了，交由他们处理。反正我觉得啊，最后也就是项目被迫分给莎莎来做，张总被踢出局呗，竹篮打水一场空。"

"那我以后的日子岂不是很难过，张总不得天天换着小鞋给我穿。"岱丰觉得天塌了。

"哈哈哈哈，别干了，来跟着哥哥混，只要有我口饭吃，就绝不让你饿着。"老杨给岱丰倒满酒。

"算了吧，你这刚接了个大单子就飘了，小心飞得越高摔得越厉害。"岱丰撇了撇嘴。

"你这是什么话，老子现在风调雨顺着呢。事业爱情双丰收，

好自为之

真好啊。"老杨给自己也满上，示意岱丰来碰杯。

"好啊好，祝你越来越好。哎，你说莎莎跟那个宋什么的，应该搞在一起了吧。"岱丰提到莎莎，突然就来了精神，看着也不显困了。

"这不是屁话吗。但是不是爱情咱就不知道了，兴许只是为了钱的结交，爱情买卖？"老杨拿起筷子夹菜，"怎么，你还惦记着呢？"

"那倒也没有，我就觉得吧，自己挺蠢的。"岱丰笑着叹了口气，"我竟然能喜欢上这样的女人！"

"你还真别说，要真跟人家莎莎凑一块了，也不见得是坏事儿。你能省心不少，真的，毕竟人家会赚钱。"老杨又夹了一筷子菜，吃得满嘴冒油。

"那有个屁用，挣的钱又不是我的，心机这么深，估计我一分捞不到不说，连我自己挣的也得给我卷没了。"岱丰认为老杨说得不对，虽然会赚钱是真事儿，但莎莎这次的行为，和骗钱已经区别不大了，这就是品格问题了，能赚再多的钱也没用。

"你说得也对，但这也不关人家莎莎的问题，纯粹是你智商太低。"老杨笑着说。

算计

岱丰托着腮看向饭店窗外，人头攒动的街上热闹非凡，他此刻突然感到孤独，这熙熙攘攘的世界啊，好像和自己一点儿关系没有。大家都有自己的爱情或事业要耕耘，而自己呢，拎着一把铲子，压根找不着归属于自己的土地。

唉，希望眼前这孙子幸福吧，可别过得跟自己似的。岱丰看着对面胡吃海喝的老杨，眼眶有些湿润，端起酒杯，示意老杨再喝一个。

老杨没发现岱丰的异常，端起酒杯碰了下，仰着脖子一饮而尽，然后咂咂嘴说，"啤酒还得是凉的好喝。"

岱丰倒没觉得凉，甚至咽下去的时候感觉有些温温的。可能此刻自己的内心，要比眼前这瓶冰镇啤酒要凉得多吧。

漾

club

好自为之

一见钟情

"你说我们最先去欧洲哪个国家？"老杨瘫在沙发上，手指不停滑动着手机，神情轻松愉快。

"人家都有攻略推荐，你照着来就行了。"雪儿在厨房里忙着做饭。

"攻略给的也不一定好玩，每个人的喜好又不一样，要去不得量身定做。"老杨嘀嘀咕咕。

"说得跟你懂似的。"厨房里传来噼里啪啦的炒菜声。

"我不懂啊，所以得请教请教你，姑奶奶，看你喜欢什么。"老杨把手机放下，看屏幕久了，眼睛生疼。

"喊，我喜欢什么你不知道啊，天天什么都不知道，要你有什么用。"雪儿的抱怨声压过翻炒的声音。

老杨皱了下眉头，预感到不对劲，好像一场风暴又要来临。他突然想起，之前瞥到过雪儿在逛小红书时收藏了欧洲游的攻略，既然都收藏了，肯定是自己认同的。嘿嘿，悄悄看下，然后安排好了给她个惊喜。

老杨暗自窃喜，他已经想象到雪儿一个飞扑到自己怀里时的幸福模样了。哈哈，事不宜迟，趁着她在厨房忙活，偷偷看看。

老杨悄悄站起身，东张西望，看雪儿手机放在哪儿了。寻觅了一遍客厅，没有发现踪迹，看来是放在卧室了。

老杨蹑手蹑脚地走进卧室，看到雪儿的手机在枕边躺着充电。手机虽然是老杨买的，但老杨几乎从来没摸过，更别说看了。

他没这个习惯，也没这个想法，觉得雪儿也不会背着自己干什么事，去翻手机只会显得不信任，造成危机感。

老杨把手机亮屏，界面提示微信有五条未读消息，但雪儿设置了消息不提示，所以看不到是谁发来的，以及消息内容。

老杨试图进入主界面，发现有数字密码锁。老杨沉思了下，琢磨雪儿会用什么密码，纪念日？老杨试着输入两个人在一起的日子，提示密码错误。

不是这个。老杨挠了挠头，那会是什么呢？

"再试试她的生日。"老杨嘴里念叨着，输入了雪儿的生日。

还真对了！老杨不禁敬佩自己是个天才。

俗话说，天才和疯子只有一线之隔。老杨点进去微信后，才算真正明白了这句话。

前一秒还沾沾自喜认为自己是个天才，而后一秒看到微信消息，老杨俨然觉得自己要发疯。

五条消息全部源于一个人，而这个人老杨也很熟悉，正是自己

一见钟情
|

毕恭毕敬的财神爷——王总。王总给雪儿发消息，只能算是让人比较惊讶的事情，惊讶的点在于他俩竟然加了微信。但老杨此刻完全不是惊讶的状态，已经从这个情绪中脱离了，抵达崩溃、疯狂的边缘。

"小宝贝，想给你买这一套衣服。"

"你穿上肯定特别好看，我已经迫不及待想看到你上身了。"

五条消息，两句话，三张图片。老杨盯着手机屏幕，不停地晃动头，感觉止不住的眩晕在脑子里炸开。

老杨拿着手机的手已经颤抖了，他想往上滑，但内心的恐惧又在制止他这个动作，有个声音在耳边不停回响："别看了，别再看了，放过自己吧。"

老杨深吸了口气，再缓缓吐了出来。他看了下卧室门外，雪儿还没有过来的迹象。

微信聊天界面开始慢慢往上滑动，突然，整个屏幕画面开始上下抖动起来，像卡顿了一样。一滴水珠从屏幕中央向下滑落，随着它滑动的轨迹，屏幕画面抖动得更加厉害。

"老杨，过来尝尝菜味儿淡不淡。"雪儿端着菜从厨房出来一声声寻着。

好自为之

"老杨，你跑哪儿去了？"雪儿把盘子放在客厅桌上，有些疑惑，"老杨？怎么了这是，喊你半天也不说话。"

雪儿发现老杨背对着自己坐在卧室床上，一声不吭。

"你是不是哑巴了啊？你……"雪儿边趿拉着拖鞋走过去边嘟囔着，就在她想斥责老杨的时候，发现老杨低头在哭泣，泪水像雨点一样打湿了手上紧握的一个东西。

那是自己的手机。

一瞬间，雪儿慌了神，她没想到老杨会翻看自己的手机，从没想到过。眼前这个场景让雪儿有些难以呼吸，她不知该做何解释，不知开口的第一句该说什么。

"老，老杨……"雪儿的声音像老杨的手一样，颤巍着，哆嗦着。

"为什么，为什么要这么对我，雪儿，为什么？"老杨用哭肿的双眼看着雪儿，眼前这个美丽的女人，怎能如此恶毒。

"对不起，但，但事情不是你想的那样。"雪儿也开始抽泣起来。

"不是我想的那样，那是什么样？你告诉我，这都是假的，我在做梦，我出现幻觉了，对吗？"老杨苦笑着。

"我没有想做对不起你的事，老杨，我从没有想过伤害你。"雪儿哭着就要向前抱住老杨。

"你别说了，滚开，好吗？"老杨推开雪儿，把手机塞进兜里，从床上站起身来。

"老杨，这都是误会，你听我给你解释。"雪儿不依不饶地拽着老杨的胳膊。

"你给我起开！"老杨一使劲，直接把雪儿甩翻到床上，"误会？床都上过了你告诉我这是误会？我那天就提前走了一会儿，你就能跟人勾搭到床上去，真是个婊子！我就不该忘了你之前是干什么的！我真是瞎了眼，还以为自己找到了真爱，真爱，真不自爱！"老杨对着被甩翻在床的雪儿嘶吼，脖子上青筋暴起，愤怒混杂着恶心的情绪，像岩浆一样喷了出来。

"老杨，你听我给你说……"雪儿已经哭花了妆，哽咽的声音在老杨的嘶吼声中显得极为空洞。

"你不要再说了，不要再说了。"老杨用手擦擦眼泪，"狗男女，你等我回来再收拾你。"

老杨攥着手机走出卧室，雪儿跟着冲出来，一个趔趄没站稳倒在地上，抱着老杨的腿哭喊着，"老杨你别干傻事，是我对不起你，你千万别犯傻。"

"滚！凭什么！凭什么老子每次真心付出，都换回来你们这样的婊子，我上辈子是刨天王老子的祖坟了吗，非要这么惩罚我！"老杨踢开雪儿，从茶几上拿起车钥匙，无视雪儿哭喊的挽留，换好鞋后摔门而去。

哭红了眼的雪儿趴在地上，头发散乱着。那晚过后，她想过会不会有这一天的发生，并告诫自己要做好被揭发的准备。但她万万没想到，事情会败露得这么早。现在心里的情绪是怎样呢？雪儿理了理头发，好像有一些难过，有一些委屈，有一些不舍，还有，还有一些解脱？如果王总说话当真的话，她倒不用太担心自己的处境。

雪儿揉了揉眼睛，打算给王总打个电话，却想起手机已经被老杨拿走了。"不会真出什么事吧？"雪儿从地上爬起来，一边慢慢走向卫生间一边念叨着。

"对不起，您拨打的电话正在通话中，请稍……"

老杨又一次把电话挂断，用手猛捶方向盘。他已经给岱丰连着打了五个电话，都是正在通话中，越是需要他的时候越找不到人，他到底在给谁打电话呢。

一见钟情

一切如此地不真实，就像一场噩梦，梦里有无数个触手抓紧了自己，无从逃脱。

为什么？

他还是想不明白，雪儿为何会做出这种事，虽然相处的时间不是很长久，但老杨觉得两人还是挺相爱的，何况自己不计前嫌接纳了她，她不涌泉相报就算了，怎么还能恩将仇报呢？

如果，如果那天晚上自己没有提前离开，事情是不是就不会发生？是不是自己只顾着生意达成的喜悦，没发现他们俩早就眉来眼去了？可雪儿到底图什么呢，明明等这单生意做完就能翻身了，虽说身家远远比不过王总，但生活质量也不会差太多啊。

老杨越想脑袋越疼，好像这些事情都在大脑里撞了车，一团乱麻。

还是先去收拾那个混蛋吧。

老杨叹了口气，正准备发动汽车，手机屏幕亮了。岱丰终于回电了。

"喂，老杨，我正跟人谈事呢，你看你这夺命催，一会儿不歇着。找我啥事啊，晚上想请我下馆子？"

"岱丰。"老杨轻声喊了一句。

好自为之

"老杨？你说啊，喊我名儿干吗？你丫该不会在电话里给我下降头吧，我要是应了是不是今晚就得被鬼敲门？"岱丰的嘴可真是不能闲着。

"岱丰，我什么都没了。"老杨轻声说着，泪水随即从眼眶中涌出来。

"咋回事？家里遭火灾了？我之前就说你家电器使用有问题，尤其是雪儿，大功率电器都逮着一个插座使，再好的插座也扛不住啊。"

"我什么都没了，岱丰。我就你这一个好哥们，你要帮帮我。"老杨越说越难过，忍不住抽泣起来。

"不是，老杨你瞎说什么呢，难不成，嫂子走了？到底咋回事啊，雪儿身体不看着挺硬朗吗，也没啥遗传病什么的，好端端的怎么就……"

"你说得对啊，我对雪儿还是太着急了，没多观察，我还是太单纯。"老杨边说边叹气摇头。

"到底咋回事啊，我都让你给急死了！"岱丰的声音越来越急躁，他实在压不住了。

"记得我跟你说那大项目吗，雪儿跟甲方老板睡了，哈哈，还

232

不止一次。"老杨竟然笑着说了出来。

"这！这事儿可不能乱说，你有证据吗？老杨你是发现了还是道听途说？"电话那头的岱丰着实有点蒙。

"我看见他俩的聊天记录了，雪儿手机还在我手上呢，清清楚楚，俩人撩骚的凭证。"老杨抹了抹眼泪。

"这太过分了吧！这怎么想的，能干出这事？老杨你先别难过了，告诉我你现在在哪儿，我去找你。"岱丰万万没想到竟是这事。

"我准备去帝豪酒店找那孙子，我今天不把丫的给办了，我老杨咽不下这口气。"老杨越说越气，拳头越攥越紧。

"老杨，老杨，你听我说，千万别干傻事，为了一对狗男女把自己的人生毁了可一点不值得，你听见了吗？我可不想以后隔三岔五地去监狱里看你啊！"岱丰急了，生怕老杨一时冲动干出什么傻事，到时可真是难收场了。

"你就别管了，给你打电话也不是喊你帮忙，就给你说说，不然憋心里难受。"老杨说完就把电话挂了，他真没想让岱丰掺和这事，毕竟搞定那孙子，自己足够了。

老杨把手机关了机放在副驾上，深呼了口气，朝帝豪酒店进发。

好自为之

"喂，百灵，百灵。"岱丰刚拨通百灵的电话，就急着呼喊。

"百灵还在睡着，我是伍元。你找她有什么事吗？"一个熟悉的男声响起，让岱丰一愣。

"哦哦，伍元啊，你俩睡着呢？不对不对，你俩在一块呢？让百灵接下电话，有急事，快快。"岱丰都要急死了。

"有什么事先给我说就好，等她醒了我转告她。"

"你转告什么啊转告，等你转告完，老杨都被收押了！"岱丰快让伍元这小子气死了，咋就这么小心眼呢。

"什么意思？"伍元还是不紧不慢。

"我的小伍哥哥啊，老杨现在就要去杀人了你知道吗？他把手机关机了，我也联系不上他，你赶紧把百灵喊起来，去帝豪酒店，快！耽误下去真得出人命。"岱丰的声音越来越大。

"谁啊，谁啊这是，打个电话这么大声。"百灵被吵醒了，揉着眼问。

岱丰听到了百灵的声音，大喊起来："百灵，百灵，是我啊，岱丰，快，有急事！"

百灵听到岱丰的声音头都大了，她一把夺过手机，冲着另一头的岱丰喊："你丫喊什么呢，我跟伍元睡觉呢，你能不能别打扰人？"

一边的伍元听到忍不住笑了。

"你俩真绝了，我也不想打扰你俩，你俩睡觉又不干我事！是老杨！老杨出事了！一句两句也解释不清，反正就是雪儿跟他的一个大甲方睡了，老杨现在正开车杀向帝豪酒店，听他意思是想把那孙子给办了。百灵你先别睡了，你俩睡觉也不差这一会儿好吗，替我给伍元道个歉，你赶紧过来，不然真说不准老杨会干出什么傻事！"岱丰喊完，感觉嗓子都要哑了。

"真的假的，雪儿，雪儿她？"百灵听了有些不敢相信。

"真的，老杨也不是道听途说，他自个儿发现的，还睡了不止一次，老杨这会儿心态已经崩了，手机直接关机，我也联系不上他。"岱丰希望百灵不要再问了，赶紧行动起来。

"我这就过去，挂了。"百灵如他所愿，结束了这次对话。

岱丰坐在出租车的副驾上，不停催促着司机，问他能不能快点。

司机实在被催得受不了了，等红绿灯的时候，扭头朝着岱丰说："兄弟，我听你这电话里说的也听明白了，哥哥我理解你此刻的内心感受，为了朋友对吧，两肋插刀。但哥哥开的是出租车，不是太空车，我也想快，可它起不了飞啊!"

岱丰尴尬地点头应和，并向司机表示认同，"对对对，主要是我太急了，唉，大哥你也知道，这事儿放谁身上舒服啊，对吧大哥。你说要是你，正在外面开着车，突然发现嫂子在家里……"岱丰说一半感觉不对，立马住嘴了。

"你说，没事。大哥我已经离过了，现在孤身一人。"出租大哥人倒是也随和，没挑岱丰的刺儿。

"大哥，方便问一句你为什么离婚吗?"岱丰试探性地问。

"还能为啥，过不到一块儿去呗。倒也没什么出轨偷情的幺蛾子，纯粹是两个人都觉得不合适。小伙子，这感情啊，是门大学问，可不是一张简单的试卷题，前期做完交了卷，后期就以逸待劳了。这路啊，长着呢，还是得经营。"司机大哥说得一套一套的。

岱丰点点头，没多说什么。他这会儿才缓过神来，百灵和伍元，这就睡在一起了? 虽然自己早就猜出两人之间有关系，但亲耳听到还是有些震惊。岱丰一直觉得伍元和百灵就不是一路人，伍元好倒是挺好，年轻会疼人，百灵交给他照顾也没问题，但就是……没办法把两个人并排放在一起，就会认为不是一条道上的。

当然，也不排除自己嫉妒。对，嫉妒。岱丰啃了啃手指甲，对莎莎，自己是不抱什么希望了，这种暗地里将自己一军的女人，距离肯定要适当地放宽，放宽，再放宽。

岱丰叹了口气，还是先不琢磨自己这点破事了，相比之下，老杨可糟心多了。他看向窗外，为什么受伤的总是老杨呢？

"对，你说，为什么老杨好像一直不幸福？"秦月在程一身边小声地说。

"先不说他人的错误，首先，老杨自己也有问题。"程一把眼前的书合上。

"他有什么问题？我觉得老杨很好啊，听下来甚至觉得是自己的理想型。"秦月歪着脑袋说。

"哦？那你应该去给老杨疗疗伤。"程一撇了撇嘴。

"喊，疗什么伤啊。人家现在肯定幸福着呢，我又不能跳转到过去。"秦月也跟着撇了撇嘴。

"你天天在我这儿刺探情报，下次想听就要收费了啊。"程一白了秦月一眼。

"咱俩这关系，谈钱伤感情。"秦月拍了拍程一的肩膀。

"少来啊，谁跟你这关系，我们俩就是单纯简单的同事友谊，这种关系就需要金钱来维持浓度。"程一边说边用手比出了钱的手势。

"你说你一个程序员，怎么如此势利呢？你应该追求的是荣誉感，作为一个代码专员，顺位最低的应该就是钱。"秦月对程一进行思想教育。

"你这都什么歪理，我出来打工不为了挣钱，那我为了什么？少整这些虚头巴脑的，我就是出来挣钱盖房娶媳妇的。"

"就你这榆木疙瘩的脑袋，还娶媳妇，哪个姑娘能看上你哟。"秦月继续抬杠。"哎，对了，你的那些女听众知道你是这样的人吗？平时话也不多说，夹个笔记本来回地跑，说了知道是程序员，不说还以为是装宽带的呢。"

"你！"程一作势伸手要打下去。

"动手啊，你就会欺负我这么一个弱女子。"秦月高抬着头。

"算了，不跟你一般见识。"程一叹了口气，"你能不能不要烦我了，我还有一堆事做。"

"你忙你的呗，我没绑住你的双手，又没断你的网。"秦月越说越得意。

"我以后周末加班的时候真要仔细看看，只要你在公司，我立马走。"程一要被秦月折磨疯了。

"说得跟我多想和你在一起似的。"秦月嘴上虽这么说，但屁股还是坐在程一旁边工位的椅子上。

"那你倒是起开啊。"程一打开电脑，准备干活了。

"我还没听完呢，还想继续听。"秦月开始要无赖了。

"我的姑奶奶，我是来加班的，不是来给你说书的。"程一此刻心情无比的悔恨，为什么没事不先打探下，看秦月今天加不加班。

"我付费行了吧！中午请你吃海底捞，快快快，趁我老大还没回来，再给我说会儿，不然你想说都没机会了。"秦月轻拉着程一的胳膊。

"罢了罢了。"程一端起水杯喝了口水，"我投降。"

老杨把车停好后，又在车里静静地坐了五分钟。他没有退缩的念头，只是在回想，回想和雪儿在一起后的这段时光，两个人的欢声笑语，雪儿的迷人面容，像吸盘吸附在老杨的脑子里。他用力摇头，企图把这些记忆都给甩出去，但甩到整个人都眩晕了，回忆还是紧靠在脑海的岸边。

为什么呢？他始终想不明白，雪儿为何会做出如此伤人的事

好自为之

情。对自己而言，这件事比之前被骗钱要严重得多，根本不是一个量级。

对雪儿，老杨是全心全意毫无保留地付出，可以说把自己有的一切都给了她。自己太爱她了，生活里的每个瞬间，每个细节都和她相关，要想完全抹掉她，就等同于彻彻底底地抹去自己。

老杨控制住情绪，不让自己落泪。他准备行动了，去找那个王八蛋算账。

"咚咚咚，咚咚咚！"老杨用力敲王总的房门，里面始终没人回应。他有些急了，拳头愈加用力，甚至开始用脚踢起来。

"老王，你个王八蛋，给老子出来！我知道你在里面，你要是个男人就大胆地出来，别缩壳里面。"

里面还是没人回应。

"王小鹏！你给老子出来！"老杨怒不可遏，声音越来越大。附近的房间门陆续打开，探出一个个疑惑、气愤、看热闹的脑袋。

就在老杨准备后退几步踹门的时候，服务生带着保安来了，制止了老杨接下来的动作。

"行，好，我不踹门。你们把他给我弄出来，不是有房卡么，来。"老杨边说边做出请的姿势。

一见钟情

"对不起先生，我没有权利给您开这个房门，因为……"

"别这么多废话，要么你给我开，要么我踹开，然后门多少钱我赔你。你们选吧，两个方案。"老杨气得脸通红。

"实在抱歉，先生，我们理解您的心情，但是……"

"行了，不给开是吧？那起开，老子自己踹！"老杨说着就推搡开服务员和保安，准备自己上脚。

"给老子松开，你抱谁呢，给我松开，听见没有，我数一二三，你们给我松开！王小鹏这个畜生在这儿睡我媳妇的时候，你们人呢，你们怎么不把丫的给抱住，现在抱我做什么！你们给我松开！"老杨嘶吼着，企图从三个保安勒紧的手臂里挣脱开，但奈何他们的胳膊实在太粗了，老杨动弹不得。

"老杨，老杨！冷静冷静，冷静下好吗？"围观的人群里响起一个熟悉的声音，岱丰费劲地从人群里探出一只右脚，然后身子从人缝里钻了出来。

"别拦我，好吗？岱丰，你是我兄弟，我不让你帮忙，但请你别拦我。"老杨此刻已经神经混乱了，他认不清眼前的局面，岱丰想拦都没资格，毕竟老杨自己已经被包圆了。

"老杨，别闹了，你，你冷静冷静。"百灵也扶着腰从人群里挤出来，弓着身子上气不接下气，显然是刚跑过来。

"我闹？这是我闹吗，我闹谁了我！你们怎么都在说我，里面这个浑蛋，怎么没人说他！这一切是我造成的吗，是我造成的吗?!"老杨的力量也不容小觑，三个保安只能勉强抱住他，但实在拉拽不动。

"老杨，我也说了，为了狗男女不值得。你把他打一顿，出了什么事，你还得蹲监牢。人家最多住个院，出来又和那婊子缠绵一起了，你自己算算这笔账，它不合适啊。"岱丰试着劝老杨住手。

"住院？我弄死他，还住院，我今天不把丫的从屋里扔出去，我不姓杨！"老杨听了反而更来劲了。

"让你劝人，谁让你使激将法了！"百灵气得狠拍了下岱丰。

岱丰也一脸无辜，"我也不知道会这样啊。"

"老杨，听我声劝，不值得，真的。事情还有其他解决办法，我们一起商量着解决，好吗？老杨，听我一次。"百灵的声音很温柔，她采用的是安抚法。

"百灵，我知道你们是为我好，但我现在就是不想好了，真的。我今天就是死，也得带着他一块，我老杨什么时候受过这憋屈！"老杨越说越来劲，借着一口怒气，直接推开了三名贴身保安。

242

一见钟情

老杨迈着轻盈的脚步，向房门冲了过去。他这辈子好像从未感到如此轻快过，全身力量汇聚在一处，形成了一个能量的旋涡。

现在，他已经把这个旋涡转移到就要伸出的右脚上。老杨甚至想好了冲进房间后，该如何收拾那个狗东西。先揪住头发，把他的头往墙壁上狠狠撞击那么几下，然后用膝盖顶他的肚子，顶那么十几下，最后再按在地上，施以拳击。

就在老杨的右脚即将和房门接触时，他被扑倒了。这一扑，扑灭了老杨心中旺盛的火，扑灭了老杨设想的画面，扑灭了老杨最后的执念。

等老杨落地后，他不顾身上的疼痛，极力扭过头想看是谁，结果，映入眼帘的是那张无比熟悉的脸，是岱丰。

"岱丰啊，你为什么要管我！"老杨什么也不顾了，挥拳就抢了过去。

岱丰哪料到老杨会出这么一招，毫无防备地用脸接了这一拳，直接后仰着倒了下去。

"老杨，你还打我，老子还不是为了你好！"岱丰从地上弹起，叫嚣着就要过去踹他。围观的人群好像睡醒了，由百灵领头的人们迅速拉住岱丰，将他和老杨隔开。

好自为之

"岱丰，你不是老子朋友了，都不是东西，你们都不是东西！"老杨扯着嗓子嘶吼着。

"老子还不是为了你好！你真把人给打趴下了，你想过你妈吗，想过你爸吗？他们把你拉扯这么大，就是为了老年去狱里看你个狗东西吗！"岱丰实在想不明白，老杨怎么突然就变成这样了。

"他们把我拉扯这么大，也不是让我受这种憋屈的！你们谁想过我，你们谁设身处地地想过我！都是混蛋，滚吧！"老杨再次被保安围住，这一次，他实在没有力气了。

"你最近和老杨联系了吗？"百灵抬头问了句。

"没有，联系个屁，什么玩意儿。"岱丰嘴里嘟囔着，事情已经过去一周多的时间，但他嘴边的淤青还没完全消掉。

"要我说，你……"

"你别说，说也没用。有这个理儿吗？我这是好心帮他吧，结果上来给我一拳，我俩认识这么多年了，真的从没动手过，这次是拉倒了。"岱丰仰着脖子就喝下去一杯。

"唉，你也要试着去理解，老杨他……"

"我要是不理解，我能去帮他？和他一块踹门就是理解了吗，

244

一见钟情

没用，他整个人都没脑子了，已经疯掉了，疯掉了。"岱丰边说边摇头，他有意无意地看向吧台，伍元似乎也在有意无意看向这边。"你和伍元确定了?"岱丰拿起酒瓶给自己满上。

"确定了啊，我俩开了个酒馆，不过还在装修，估计明年年初吧，能正式营业。"百灵轻晃着手里的酒杯，"到时多去架架势啊。"

"去去去，铁定去。"岱丰这次选择抿了口，没有喝完，"你俩进展可够快啊。"岱丰示意那天给百灵打电话的事儿。

"这有什么快的，大家都是成年人了，难不成还要牵手牵一个月再解锁接吻不成?"百灵笑着说。

"倒也对，到岁数了，我还一直觉得是我们刚认识那个年纪呢！这时间可过得真快啊。"岱丰向后倚靠着靠背，"伍元挺好的，人踏实也牢靠。"

"那是，我选的男人能差吗！"百灵喝掉杯子里的酒，"你先自己喝会儿，我去找他说点事儿。"

百灵说罢站起身，推开椅子，径直朝吧台走去。

"对了，今晚新驻唱第一次来，听说是个不错的姑娘。"百灵走一半转过身来，笑着对岱丰说。

岱丰抬手挥了挥，示意你赶紧走吧。

好自为之

这时间过得可真快啊。岱丰用手托着腮，禁不住感慨。好像第一次在这儿见到百灵就在昨天，和老杨结交也没过多久。现在呢，百灵跟小年轻跑了，老杨吧，也掰了。嘿，这日子过得，可真有意思。

岱丰就这样喝了一杯一杯又一杯，也数不清自己咽下去多少杯了，桌上的空瓶子越来越多，百灵去说个事儿，就再也没回来，只留他自己独饮。不过也正常，伍元毕竟盯着呢，陪自己一直喝酒也不合适。

只是这种感觉让人失落，突然间，连个喝酒的人都没有了。以前总觉得喝酒这事太简单了，给老杨打个电话，或发个消息，事儿就定了。然后再喊上百灵，组个三人团，就能乐呵一晚上。

现在，想找人喝酒都找不着了。

岱丰越想越难过，也不知是酒劲上来了，还是情绪上来了，他感到有些天旋地转。

"大家晚上好，我是新驻唱，菁菁。以后每晚十点，我都会出现在漾 club，和大家在一起。"岱丰迷迷糊糊中好像听到一个甜美的声音在前方响起，他努力睁大双眼，只见一个扎着双马尾，短 T 热裤搭高帮匡威鞋的女孩子在舞台中间站着，模样很是可爱。

"首先带给大家一首我个人非常喜欢的歌,达达乐队的《南方》。"

"《南方》?"岱丰闻言打了个激灵,他回想起第一次见百灵的时候,百灵好像也唱了这首,一下就把自己吸引住了,毕竟这首歌,自己也是非常喜欢。

岱丰猛地晃了晃脑袋,努力让自己清醒些,他好想认真听一听这首歌,想听这个叫菁菁的姑娘唱功怎么样,也想听这首歌曲本身的东西。

"我住在北方,难得这些天许多雨水,夜晚听见窗外的雨声,让我想起了南方……"当熟悉的旋律响起,岱丰有些控制不住自己的眼泪。

他想起北漂前和父母在南方的道别,想起青春时留在南方热土上的青涩爱情,想起那个被美工刀刻满了伤痕的课桌,想起了那个被自己用来写上喜欢姑娘名字的黑板报。

岱丰越想越难过,当想起和老杨勾肩搭背走在放学路上的场景时,他实在绷不住了,泪水决堤。他趴在桌上"哇"的一声哭了起来,声音甚至比舞台上唱歌的菁菁还要响亮。

台下喝酒的人们瞬间笑了起来,笑声混杂着哭声,让舞台上的菁菁有些为难,她很难再找好节奏,索性也跟着笑一笑,先不唱了。

"台下的这位男士，请问是被我唱得感动哭了吗?"菁菁小心翼翼地问。

岱丰哭得投入，根本没听见菁菁在说什么。这让菁菁有些尴尬，驻唱第一天就碰到有人号啕大哭就算了，和他搭话还没有回应，这下该怎么救场呢?

"菁菁，你别搭理他，唱你的。"百灵这时候出现了，她给菁菁打了个圆场，示意继续唱，别管他。

菁菁有些犹豫，突然打断后，她也有点蒙，很怕再开口找不到状态。

"我第一次恋爱在那里，不知她现在……"菁菁刚开始唱，岱丰听到这句"哇"的一嗓子哭得更凶了。

人们又开始笑了起来，菁菁笑也不是，不笑也不是，她觉得今晚对自己而言实在太不友好。台下这个男人，太气人了!一定是个喝得烂醉的丑八怪醉汉，就知道扰乱别人的好事!菁菁越想越气，越气越觉得唱不下去。

百灵给菁菁使了个眼色，示意她别被影响情绪，否则吃亏的还是自个儿。

菁菁点了点头，谁叫今天是第一次呢，总不能刚来第一天就出事故吧。菁菁清了清嗓子，继续唱了下去。

奇怪的是，那个痛苦的男人慢慢没声音了。菁菁唱的时候时常会看他几眼，他就静静地趴在桌子上，一动不动，看样子应该是睡着了。

岱丰也不知道自己睡了多久，记忆有些模糊，好像脑海里残留的画面是百灵给自己说有点事先不喝了。他也不清楚，只觉得头疼欲裂。他睁开惺忪的眼，视线由雾蒙蒙慢慢变得清晰起来。

"你，你是?"岱丰发现有个扎着双马尾的小姑娘坐在对面，瞪着眼睛看着自己。

"我今天都要被你气死了！你知道吗!"这个女孩子还挺可爱，腮帮鼓鼓的，看样子是在和自己生气?

"请问你是……"岱丰还是不知道眼前的这个人是谁，好像真的没有见过。

"我是驻唱，我叫菁菁。"这个叫菁菁的女孩子边说话边鼓气，看起来可爱极了。

"那我……那我怎么惹你生气了啊?"岱丰有些丈二的和尚摸不着头脑。

好自为之

"我一唱歌你就哭，一唱歌你就哭，我都不知道你在哭什么！今晚我第一次驻唱，差点就被你给搞砸了。"菁菁轻拍了下桌子。

"哎，我好像有点印象。"岱丰摸了摸脑袋，似乎回想起什么，"你，你是不是唱了《南方》?"

"对啊！就是这首歌，我开场唱的。一唱你就哭，问你怎么了也不理我，就在那儿号啕大哭，很吵欸!"菁菁双手交叉在胸前，盯着面前的这位男士。她发现岱丰并非自己起初所想的那样，一个丑陋的醉酒男，相反，好像还挺英俊……有种别样的魅力。

"对不起对不起，我有些喝多了，不太受控制，对不起啊。今晚没影响到你吧，如果被罚钱了，我来承担。"岱丰觉得很不好意思。

"那倒没有喔，我就是气不过。毕竟今晚是第一次来驻唱啦，本来就很紧张，结果又遇到你这种事……"菁菁有些不敢直视岱丰，生怕自己会脸红。

"百灵走了吗?"岱丰四处张望着，没见到她的身影。伍元好像也不在。

"你认识百灵姐啊，她走挺久了，和酒保一起走的。"菁菁嘟着嘴，看上去还是有些不太开心。

"我们老朋友了。"岱丰想喝点热水解解酒，"能麻烦你，帮我接杯热水吗？"岱丰胆战心惊地说了出来，很怕被训斥或者直接拒绝。

"可以啊。"菁菁倒没有像他想的那样刻薄，反而很爽快，"我去给你接一杯来。"菁菁说罢就起身离开，跑去吧台接热水。

"好可爱的女孩子啊……"岱丰望着菁菁的背影说道，"和这样的女孩子待在一起，应该每天都精神饱满。"

"喏，你的热水，小心，有些烫喔。"菁菁递给岱丰接满热水的玻璃杯。

"好，谢谢啦。"岱丰先小心抿了一口，试试水温。水温刚刚好，不烫不凉，温热得正合适。"可真是贴心的小姑娘，一定尝过了再端过来。"岱丰边喝水，边偷偷打量菁菁。

"喂，你在看什么？"岱丰刚看了两眼，就被训斥声吓到。

菁菁瞪大眼睛看着岱丰，一副很生气的样子。

"我，我没看什么，就，就随便看看，随便看看。"岱丰赶忙低下头，假装喝水。

"你这个人很奇怪欸！随便看看就是盯着女孩子的腿看吗？"菁菁大声问道。

好自为之

"嘘嘘嘘，你小点声啊。"岱丰赶忙做小声的手势，"可真是怕了你了。"

"喊，自己行为不端正，还说别人可怕，奇怪喔。"菁菁把头扭过一边。

"我……"岱丰没想到，有朝一日自己竟会被一个姑娘噎得说不出话来。

"你什么你，怎么自己一个人在喝酒，你是不是没朋友啊？不对，你刚说了欸，百灵姐是你的老朋友，不过人家有男朋友，应该也懒得搭理你吧。"菁菁说的话真是字字戳岱丰心窝。

"我……算了，我就是没朋友了，你说得没错。"岱丰像泄了气的气球。

"那你朋友呢？他们都去哪儿了？"菁菁不依不饶。

"他们都离开了呗。"岱丰有些无奈。

"是不是被你气走了？"

"不是不是，你这个小姑娘问题好多喔。"岱丰被问得头大，他心烦死了，怎么会有人脑子里装这么多问题！更何况自己从来就不喜欢回答问题。

"我不信你没有男性朋友，一定是发生了什么事。"菁菁吐了吐舌头，"我要下班回家了。"

岱丰看了看手表，时间不早了，已经快凌晨一点。"你住哪儿啊，要不我送你？"岱丰看着菁菁说。

"你这满身酒气的送我？你怎么送，马上我就举报你。"菁菁从椅子上站起来。

"倒也是。"岱丰挠了挠头，"那你住哪儿，我叫代驾送也可以。"岱丰觉得今晚确实给人添了麻烦，送一下是应该的。

"喊，我送你好了，我们住一个小区。"菁菁示意岱丰快站起来。

"什么？你怎么知道我住哪儿？"岱丰觉得有些不可思议。

"百灵姐给我说的啊，她走之前特意交代我，让我照顾好你。不然我在这儿坐着等你醒啊，真是。"菁菁说着说着就翻起了白眼。

"那还挺巧的。"岱丰摸了摸后脑勺，"你会开车吗？"岱丰不是很放心把车交给她。

"喊，车技肯定比你好。"菁菁撇了撇嘴，"快走啦，我都困死了，回家我要立马睡觉。"菁菁边说边打了个哈欠。

哈欠真的会传染。岱丰紧跟着也打了两个。

"菁菁，其实我之前确实有个特别好的朋友，但后来掰了。"岱丰坐在副驾上，不知怎么就开口说起这事，自己也觉得匪夷所思。

"是吧，我就说你肯定会有朋友。"菁菁边看路开着车边说。"既然是特别好的朋友，那后来怎么掰了呢？"

岱丰呼了口气，把老杨事情的经过给她说了一遍。

刚说完没两分钟，车就驶入小区门口。局势变得尴尬起来，菁菁刚听完，肯定要发表些看法意见的，但现在已经进了小区，似乎到了各回各家的阶段。

但两个人心里，好像都不太想就此分开。

"那什么，你住几号楼？"岱丰率先打破沉默。

"11，你呢？"菁菁闪动的眸在夜色里格外迷人。

"我啊，在16。"岱丰挠了挠头，"你要不要跟我回去接着聊聊？"

"跟你回家？拜托，今天是我们俩第一次见面欸，你就喊我跟你回家？"菁菁又瞪大了眼睛，一副不可思议的样子。

"就……喝喝茶聊聊天啊，你不是还没给我出主意？"岱丰说话有些支支吾吾的。

"喊，狗男人，别以为我不知道你心里怎么想的！"菁菁转过头看着岱丰说。

"你说我心里怎么想的？"岱丰顺势出击。

"不告诉你。你是不是单身喔，我连你叫什么都还不知道欸。"菁菁又鼓起了腮帮。

"我啊，孤寡老人一个。我叫岱丰，岱宗夫如何的岱，丰收的丰。"岱丰边说边伸出手，准备和菁菁握手示好。

"那我就不说咯，反正你也知道叫我什么。"菁菁勉为其难地握了一下，岱丰还没好好感受下肌肤的柔软，手就被抽回去了。

"看你样子也不像坏人，去你家坐坐好咯。"菁菁发动车子，向着16号楼方向驶去。

"我觉得在这件事上你有问题。"刚坐在沙发上，菁菁就表情严肃地说。

"我有问题?"岱丰用手指着自己，表示疑惑。

"对啊，你有问题。"菁菁从岱丰手里接过水杯，"人都有失去理智、冲动的时候。在这个情况下，没有任何思维可言，满脑子都是愤怒。老杨当时就这样，但也不怪他，我觉得换任何人来都没差，谁都接受不了这种事情。"菁菁喝了口水，然后接着说，"你的逻辑没有问题，一命换一命完全不值得，但方式方法值得商榷。你要让老杨明白你和他是永远站一条线上的，心爱的女人已经背叛他了，倘若这时身为铁哥们的你，并没有和他统一战线，反而站在对方的立场上说话。换你，你什么感受？"

岱丰陷入了沉思，没有说话。

"后来你和老杨联系过没？"菁菁歪着头看着岱丰。

"没有。"岱丰摇了摇头，"后来丫的就把我微信删了，电话也拉黑了。"

"嘁，你活该。"菁菁白了他一眼，"那你们真打算就让十多年的交情付之一炬啊？"

"哎，谁知道呢。"岱丰瘫坐在沙发上，头枕着双手。

"我觉得你应该主动寻求个方式联系到他，想想这事儿得多难过啊。"菁菁把水杯放在茶几上。

"是让人难过，那，我去他家里找吧。"岱丰用沙发上的抱枕蒙住脑袋。

"好了，说完了，我也该走了。"菁菁看了看时间，已经凌晨两点了。

"我送你。"岱丰从沙发上弹了起来。

"你当然得送我。"菁菁又鼓起了腮帮。

已经是凌晨两点多了。

老杨点亮手机屏，叹了口气，又翻过身去。

自那天后，好像就没怎么睡着过。老杨枕着胳膊，看着眼前空荡荡的枕头，好像这个位置从没有人来过。

雪儿就像一场梦，不过梦的成分比较独特，结局之前一直很甜美，最后的反转让自己堕入深渊。

老杨望着天花板，墙面还没被黑夜浸透，月光铺满了白墙，显得更洁白了，像雪儿的皮肤一样。

尽管老杨一遍遍告诫自己，不要再让这个女人占据脑海，但雪儿的模样好像用502强力胶黏附在脑子边界，粘得极其牢固，任老杨再怎么猛烈地甩脑袋，也甩不掉。

"啊，啊，啊!"老杨双手扣住头顶，蜷缩在床上低声嘶吼着，像声声惊雷，打破了夜的宁静。

没有人能拯救自己，他们都走了。

老杨四仰八叉地躺在床上，像个维特鲁威人。双目无光，瞳孔好像被剜去后换成了玻璃珠，毫无生气。

这些天来，他也在思索一些问题。雪儿背叛自己的原因是什么？那丧天良的王总虽说是帅气了一点，但比起岱丰来还是差远了，也没见雪儿勾搭岱丰啊？

看来还是钱的问题。但是，自己接了这单生意后，银行卡里的余额能往前加至少俩小数点，虽说还挨不上富豪的边，说个中产是没问题了。

可能欲望无尽吧。雪儿确实会对物质条件要求得比较高，这段时间自己也是尽可能地去满足，算起来，花销可比上次被骗的那四万块要高出许多。

老杨叹了口气，自己也是老大不小了，爱情一直被骗，事业一直失败。和那个王八蛋王总的生意黄了后，之前设想的一步登天也垮了台，虽说对方赔了违约金，但离天还是有一段距离。

这笔赔偿金也让老杨很恼火，他总觉得这些钱是那个王八蛋给雪儿赎身的钱，好像雪儿在自己这儿受尽了委屈，拿笔钱就把雪儿给拉走了。但倘若连钱都没有，老杨觉得自己会更生气。所以，他也不知自己情绪到底该如何操控。索性交给情绪自己，该气的时候就让它气，该舒坦的时候就舒坦吧。

老杨觉得自己还是睡不着，他回想起和雪儿认识的契机，好像就是因为自己睡不着。当时整个人骚动得厉害，一脚踏入花园，只看到了满目鲜花，芬芳扑鼻，忽略了泥土下全是沼泽。

老杨又点亮了手机，他觉得今晚的自己有些寂寞。

一见钟情

这种寂寞不同于之前源自欲望的骚动，两者虽大小看着相同，但今夜的寂寞明显被压缩过，质地更浓厚，感受更压抑。

老杨觉得自己有些喘不过气来，他需要有个人来聊一聊。

程一是最合适不过的人选，但他这个时间点肯定睡了。事情发生后，老杨找程一聊了很多次，也释怀了许多，倘若没有那哥们的劝导，恐怕自己这会儿已经躺公墓下了。

那还能找谁呢？老杨想到了岱丰，这个让人又爱又恨的混蛋。

再怎么说也是十几年交情了，老杨嘀咕着。可是一想到他把自己扑倒在地的行为直接导致了王小鹏幸免于难，带着雪儿毫发未伤地远走高飞，老杨心里就烧起无名之火。

"您现在肯定睡了，很抱歉这么晚打扰您。但情况紧急，有个项目想和您商讨下，这是资料文件，您先看看。"突然，微信聊天框弹出一个消息。

这让老杨困惑不已，这都快凌晨三点了，哪位神仙啊，还忙着工作，真是命都不要了。

老杨点开微信头像，看了看对方的朋友圈，还是位女性朋友。

他退回到聊天框，再往上翻了翻，发现上次聊天已经是一年前了。原本是有个项目需要合作，后来因为她那边的领导喊停，大家

259

不欢而散。

老杨点开对方发来的文件看了看，倒还不错，是老杨感兴趣的内容。

"我还真没睡，不过可能就算睡了，也得让您给唤醒。"老杨回了过去。

"实在抱歉，情况紧急，这个项目按计划是明天就要启动的，但原来的合作方太不靠谱，临时过分加价，只好找到您。"

"合着我不是优先选择嘛，一个备胎罢了。"老杨有些生气，怎么这事儿自己也当不了第一顺位的正主儿呢！

"不不，您误会了，那个合作方我们也不满意。我记得之前有和您接触过，对您的策划方案记忆犹新，所以第一时间想到您，相信以您的高水准，会达成共赢。"

老杨低头看着这段话，陷入了沉思，良久，小声嘀咕了句："这也太会拍马屁了吧。"

"上次我费劲搞好了方案，最后节骨眼上因为你们领导故意设障，导致不欢而散，这次不会再出现了吧？"老杨可不想再白出力了。

"不会不会，现在我已经顶替了他的位置，项目上由我来负责。"

　　"嚯，可以啊。"老杨不自觉地笑了，嘴里小声念叨，"怪不得马屁功力如此深厚。"

　　"麻烦您看完后告诉我意向如何。"对方应该确实挺急的。

　　老杨挠了挠头，回复过去："我觉得OK，比较对口。急着要的话，我现在就可以出方案，反正也睡不着。"

　　"真的吗！那太好啦！"对方发来的两个感叹号触目惊心，喜悦之情跃然屏幕上。

　　老杨伸了个懒腰，反正失眠也是干瞪眼，倒不如干点正事。

　　"我叫Ella，请问怎么称呼您？"

　　老杨瞥了眼聊天框，这还整了个洋名儿。"叫我老杨就行，朋友都这么喊我。"

　　"好的老杨，辛苦啦。改天请你吃饭。"

　　"你可算没用'您'了，太客气我也吃不消。"老杨最遭不住别人称呼自己"您您"的，浑身发痒。

　　Ella发来一个哈哈笑的表情，老杨没再理她，爬起来打开电脑专心做PPT了。

　　清晨第一缕阳光刺破窗帘，投射到床单上，臂弯里，最后窝藏在菁菁的脸蛋中。

岱丰迷迷糊糊地睁开眼，想伸手伸个懒腰，却发现右手好像被什么压住，根本抬不起来。

"啊！"岱丰待视线清晰后，定睛一瞧，发现紧紧压住自己胳膊的不是五指山，正是古灵精怪的菁菁姑娘。

"你喊什么啊，烦死了。"菁菁抱怨着睁开眼，起床气喷射而出。

"不是，我记得，昨晚不是送你回家了吗，怎么……"岱丰脸"唰"的一下红了。

"你还脸红？真有意思，搞得好像你是黄花大闺女，我是采花贼无情汉似的。"菁菁翻了个身，躺在一边，从岱丰的胳膊上移开。

"咱俩这是……"岱丰真回想不起昨天到底发生了什么。

"这是什么？你昨晚把我扑倒在床给我表白的！说喜欢我，要我做你女朋友！我考虑了十秒钟，然后就答应了。"菁菁还是背对着岱丰。

"有，有这事？"岱丰从床上坐起来，挠着后脑勺。

"算了，你们男人没一个好东西。"菁菁说着就要从床上爬起来。

"别别别，我意思是……我怎么表白得这么不隆重，三言两语就解决了。"岱丰见形势不对，脑子转得飞快，赶紧打个圆场。

"真的吗？"菁菁噘着嘴问他。

"真的真的。"岱丰点头如捣蒜。

"喊，姑且相信你一次。那你，到底喜不喜欢我啊？"菁菁瞪着水汪汪的大眼睛，看着眼前的岱丰，这个让自己第一次见面就迷恋的大男孩。

"喜欢。"岱丰也不知道自己喜不喜欢，但当他说出这两个字的时候，心里却轻松了好多。和菁菁才认识了一天，不对，一天都不到。自己和百灵认识了好多年，和莎莎也是多年同事关系，而菁菁只出现了十几个小时，好像就把自己给拴住了。

这种神奇的感觉，也太奇妙了吧！一觉醒来，自己有女朋友了？

岱丰看着趴在床上可爱的菁菁，忍不住想笑。好像突然间，百灵和莎莎各自叫了一辆搬运车，把留存在自己心里的东西都搬走了。

然后一位名叫菁菁的姑娘，开着辆房车，冲进了自己心窝。

"咱俩这是不是挺快的？"岱丰拉了拉菁菁胳膊。

"是挺快的，但还没你昨晚快。"菁菁说完朝着岱丰吐了吐舌头。

"去！信不信我打死你！"岱丰从床头拿起枕头，就要砸过去。

"哈哈哈，以后我就喊你顺丰好了。好快，哈哈哈哈。"菁菁在床上笑得直打滚。

岱丰气得脸都绿了，怎么会有这样的女孩子！苍天呐，以前真是从来没遇到过。

"我觉得你这里有点问题。"Ella发微信消息过来，附带着一张标记了她认为有问题地方的截图。

"哪里有问题？"老杨觉得有些莫名其妙。

"不符合逻辑啊，这样投放会浪费资源，徒增我们的费用。"

"哪里会浪费啊，大姐，你看清楚，这几个平台虽然不是目前的主流，但它的人群很精准，和你们产品的匹配度非常高啊。"老杨怒气冲冲地敲下这堆文字，又怒气冲冲地点了发送。

"不用你告诉我，我知道。但你有没有考虑过会产生重叠？用户在多个自己喜爱的平台都看到一些广告投放的话，会容易引起反感的，你知道吗？"

"我知道，引起反感的原因很简单，说明那个产品对他还不是很吸引，他不是很喜欢，那是产品自身有问题。"老杨开始要无赖了。

"你能不能认真沟通解决问题？"对面的 Ella 显然有些生气了。

"我很认真啊，姐姐。"老杨就故意想气气她。

"算了，下午有时间没，我们约星巴克说，打字说不清楚。"

"好啊，你定好地方发我位置。"老杨觉得这波自己赢了。

已经和 Ella 就方案问题沟通了两天，短短两天时间，老杨快被怼得生活不能自理了。

这么厉害的女人，实属少见，是个硬茬。

每次一闲下来，老杨就想感慨一句。毕竟自己真是被这个 Ella 收拾得服服帖帖，要不是今天扳回一局，老杨自己都觉得脸上没面儿，被多次单杀，实在是耻辱。

到了中午吃饭的时间，老杨打算继续点外卖糊弄。厨房自从雪儿走后就没用过，他懒得做饭，一个人做饭刷锅洗碗太累了，不值得。

他正准备拿起手机点外卖，突然，门响了。有人在按门铃。

谁啊，难不成未来的自己已经替我点好外卖了？老杨嘴里念叨着，趿拉双拖鞋挪步到门前。

好自为之

老杨先透过猫眼看了看，门口站着个姑娘。不是别人，正是菁菁，扎着双马尾，面容姣好，甚是可爱。

老杨眨巴眨巴眼，再仔细看了下。确信自己没有看错，也确定自己不认识。

"谁啊?"老杨隔着门喊。

"百灵姐让我给你送个东西。"门外姑娘的声音很甜美。

"百灵? 送东西?"老杨有些不明所以，百灵给我送什么东西啊。但不管怎么说，毕竟是百灵的朋友，一直把人关外面也不合适。

老杨把门打开，招呼着姑娘进来。

"坐坐坐，喝点什么?"老杨关上房门后走向冰箱，看姑娘点什么，自己拉开冰箱门拿。

"我喝水就行，不用麻烦。"菁菁坐在沙发上笑着摆摆手。

"百灵托你送什么东西?"老杨用杯子给她接水。

"喏，就是这个。"菁菁把一个塑料袋放在茶几上，也不知道里面塞了什么。

"什么啊?"老杨把水递给她，从茶几上拎起塑料袋，掂着还挺沉。

266

老杨拆开塑料袋的那一瞬间，眼眶湿润了。

塑料袋里装着一个透明饭盒，里面装着老杨最爱吃的糖醋排骨、宫保鸡丁和炒土豆丝。

老杨酸着鼻子说了一句："百灵手还真巧，这菜做出来有模有样的。"

菁菁一听慌了神，不应该啊，难道自己忘把纸条放进去了？

菁菁赶紧翻了翻挎包，还真是！纸条真给忘在包里了！

菁菁瞬间觉得局势变得尴尬起来。

她轻咳了两声，蹑手蹑脚地走到老杨身边，用手捏着纸条，悄声说："还有个纸条，我忘放进去了。"

老杨再次一脸疑惑地接过纸条，"这怎么还分开给的？"

"不好意思，我，我给忘了。"菁菁低着头，一脸做错事的样子。

"写的啥啊？"老杨边嘀咕着边拆开纸条。

老杨，见字如面。

　　经过最近的反思与忏悔，我深刻认识到了自己的错误，没有站好兄弟的这班岗，犯了混，做了错事。想必这

些天来你过得很煎熬，饭也铁定不好好吃。做兄弟的也没
什么给你的，就委托媳妇烧了几个你爱吃的菜带去，希望
你能不计前嫌，和我重归于好。

你的好兄弟

岱丰

老杨看完，没忍住笑了，骂了句："这王八蛋，字还是那么丑。"

菁菁听完更尴尬了，低着头小声说了句："老杨，这是我写
的。"

"喔喔，挺好看的，很抽象，一看就是学艺术的，艺术气息浓
厚。"老杨比菁菁还要尴尬。

"其实怎么说，这事过去就过去了，我也不想再提了。"老杨放
下纸条，"生活啊，终究得继续，要是让一破鞋搞得我生活不如
意，众叛亲离，那我就太傻了。"

菁菁连忙点头，"他其实也很难过，我在漾 club 第一次见他的
时候，他喝得痛哭流涕的。我问他你的朋友呢，他哭着说我没有朋
友。我当时就想，怎么会有这么惨的人啊！"

老杨低着头一言不发，泪珠在眼眶里打转，老杨硬生生给憋了

　　　　　　　　　　　一见钟情

回去。

　　"对了，岱丰说这菜是他媳妇烧的，你就是他媳妇吧。"老杨笑着问菁菁。

　　"嘿嘿。"菁菁不自觉地傻笑起来。

　　"真好啊，这家伙真是有福，找着这么好一媳妇。"老杨叹了口气，有些事又不受控制地回想起来。

　　"哎呀，老杨你也一定会幸福的，你要相信自己。"菁菁看老杨有些伤感，连忙给他打气。

　　"但愿吧。"老杨朝着菁菁挤出个笑脸。

　　"行，我就不多停了，就当你已经原谅他了，我得赶紧回去传喜讯。"菁菁说着就从沙发上站起来，准备告别。

　　"我就不留你吃饭了，也不合适。"老杨也跟着站起来。

　　"就别客气了，可说好了，原谅岱丰了，不许反悔。"菁菁生怕老杨出尔反尔，临走前再确认一下。

　　"不反悔不反悔，哈哈哈，我已经能想象出岱丰那小王八蛋栽你手里是什么德行了。"老杨尽量绷住笑。

　　"喊，你们男人都没什么好东西。"菁菁撇了撇嘴，"饭菜要是凉了就放微波炉里转转，要觉得不够吃，就让岱丰给你点外卖。"

好自为之

"好好好，万分感谢。"老杨双手合十，作感谢状。

送走了菁菁，老杨突然觉得饥饿感陡增，好像肚子里的胃已觊觎那盒饭菜多时。

"尝尝弟妹的手艺哟。"老杨把饭菜放进微波炉里，打算转个三分钟。

"下午两点半，地址发你了。"Ella发过来一条消息。

"好好好，行。"老杨敷衍地应和。其实他真的挺好奇这位女强人的庐山真面目，Ella的朋友圈都快被他翻烂了，也没挖出一张露脸照片来。

有那么几张也是不露脸的，但能看出身材不错。

随着微波炉加热完成"叮"的一声响起，老杨迫不及待地打开微波炉，从里面端出饭盒。

"这也太香了吧！"老杨快被扑鼻而来的香气给熏晕了，吃了好几天的泡面和垃圾外卖，这份美食简直只应天上有。

"好香啊！你今天带了什么？"程一刚把饭盒从微波炉里端出来，秦月突然又冒了出来。

"你又是从哪儿冒出来的！"程一真是要被吓死气死了，他在热饭前特意悄悄巡查了一遍，没发现秦月的身影，笃定她今天不来加班了，这才敢放心大胆地来热饭。没承想，还是计差一筹。

"想不到吧！刚才是不是还偷偷过来探探路来着，哈哈哈，笑死我了！"秦月笑得前仰后合。

"你可真是够无聊的。"程一把刚才暂放在微波炉上的饭盒重新拿起，本身饭盒就有点烫，秦月这一嗓子吓得差点把吃饭家伙给摔了。

"喊，就你有意思呢，伟大的情感主播。"秦月开启了嘲讽模式，"最近老杨他们怎么样啦，上次你还没给我说完呢。"

"不是，我凭什么得给你说？"程一端着饭往自己工位走去。

"我也是你的忠实听众啊，可不可以给粉丝一些尊重，满足下他们小小的要求。"秦月小跑着追上来，像个黏黏虫一样。

"可不敢当，您多高贵呢，秦贵妃，公司高层领导的宠儿。我这一介草民，可担不起。"程一把收到的嘲讽如数奉还。

"你，你少来啊，少说这恶心的话。"秦月加快脚步，好让自己和程一保持并轨。

"哪儿恶心了，都是实话啊。"程一不以为然。

"你就告诉我嘛，我想听。"秦月一看硬的不行，就用手轻拽着程一的衣袖撒娇。

"注意点影响啊，控制下自己的举止。"程一稍侧了下身子，躲开秦月的魔爪。

"哎呀，你就告诉我，快快快，让我当第一个知道大结局的听众。"秦月继续软磨硬泡。

"哪有什么大结局，说得好像人家都挂掉了似的。"程一白了秦月一眼。

"呸呸呸，是我说错了，我想知道他们后来都怎么样了。"秦月放低姿态苦苦哀求。

"你觉得他们会怎么样?"程一突然认真起来，扭过头看着秦月反问一句。

"我觉得啊，我觉得……"秦月咬着指甲盖陷入沉思。

"嗯，你觉得，说说你的想法。"程一把头转了回去。

"我觉得，岱丰和老杨肯定会重归于好，而且关系会比之前更好。"秦月思索着说。

"为什么?"程一也来了兴趣。

"因为经历过这种事后，要么老死不相往来，要么关系修复后更胜从前。你想，既然双方都能各退一步接受彼此，说明对方在自己心里都有很重的地位，能重修于好说明都是经过深思熟虑后做出的决定。而以后也会更加珍重这段感情。"

"嗯，说得有道理，还有吗?"程一露出了微笑。

"不对，怎么感觉好像你在杜撰一样，事情结果不是真实发生的嘛，干吗还要问我的想法?"秦月感觉有些不对劲。

"哈哈，怎么可能。我可杜撰不出他们这么有意思的人物。"程一走到了自己的工位，他把饭盒放在桌上，坐了下来。

秦月还是老样子，坐在他旁边。

"你中午不吃吗?"程一看秦月完全没有去解决午饭问题的准备。

"我早就吃过了，呀，你先别管我，快说后来怎么样了。"秦月一门心思都在这上面。

"其实你说得没错，老杨和岱丰和好后，关系变得比之前更牢固了。"程一拿起筷子，"我可以先吃几口饭吗?"

"你吃吧。"秦月笑着说。

"那我都吃了?"老杨望着眼前的这块小蛋糕，再次问了句。

"你吃吧，买给你的，我不吃甜食。"Ella喝着杯里的咖啡，再次表态拒绝。

"那多不好意思。"老杨嘴上说着,手却已经拿着叉子开动了。

"所以,早上我给你说的问题明白了吗?"Ella边说边用手搅动着咖啡勺。

"我不明白。这蛋糕还挺好吃的,你确定不来一口?"老杨嘴角溢满了奶油,说话也让人听不清。

Ella装作没听见,继续喝着咖啡。

"我自己的方案没有问题,你们觉得哪儿有问题就自己解决问题,但如果按照你们觉得没有问题的方案推进过程中遇到了问题,那就不是我的问题了。"老杨说话跟绕口令似的。

"老杨,你在说什么,你是不是脑子有问题?"Ella一脸不解地看着老杨。

"你才脑子有问题,你们这些高管是不是都喜欢人身攻击啊。"老杨用餐巾纸擦擦嘴,蛋糕已经被他给消灭了。

"你说的这句话就已经是人身攻击了,带着歧视。"Ella放下咖啡杯,严肃地看着老杨。

"行行行,我怕了你了。"老杨有点被Ella的气势吓到。

Ella长相其实一点不凶,相反,特别有气质。一看就是受过高级文化熏陶的人，流露着知性美。她和雪儿可以说是两种女人，都好看，但好看的点完全不同。

老杨其实更吃Ella的颜。在他时不时偷瞄了Ella十多分钟后，更加确信自己的观点。

"你不要怕我，我们是以平等身份来进行商讨的。"Ella直视着老杨。

"好的，姐姐。"老杨毕恭毕敬地喊了一声。

Ella听了一愣，她不明白老杨干吗要叫自己姐姐。

"尊称，尊称。"老杨后面紧跟了句。

"算了，没关系。"Ella摆了摆手，"接着说那个问题。"

"先别说了，有件事我比较难受。"老杨看着Ella说。

"请说。"Ella又端起咖啡。

"我觉得你对我太客气了。"老杨还是在看着Ella。

"客气不是应该的吗?"Ella再次皱起了眉头。

"我觉得会拉远我们之间的距离。"老杨的目光就没从Ella脸上移开过。

"你，你在说什么啊?"Ella察觉出老杨的不对劲，她感觉自己的面颊有些发烫。

　　"可能有些冒犯，但我还是想问一句，你有男朋友吗？"老杨说出来后自己都觉得吃惊。

　　"没有啊，怎么突然问这个？"Ella眉头皱得更紧了。

　　"你觉得我怎么样？"老杨看着Ella，他好像也不知道自己到底在干什么。

　　"你，你挺好的啊。"Ella感觉自己的脸此刻一定特别红，她在心里暗骂眼前这个男人，也太少脑子了吧！今天才见第一面，怎么会问这么奇怪的问题。

　　"经历过之前的事，我现在觉得，好像第一眼感觉特别重要。如果第一眼感觉就很棒，那就应该尽早确定下来，不然会生出很多是非。"老杨若有所思地阐述自己的爱情理论，"你知道吗，以前朋友都叫我爱情专家，我还沾沾自喜，觉得自己就是爱情专家。可经历那些事后，我才明白，什么狗屁爱情专家，我根本什么都不懂，也不需要让自己再装作很懂的样子来自欺欺人。可能爱情或许本身就很简单，见到第一眼就有好感、会喜欢的人，就鼓起勇气表白好了。"

　　Ella听得很认真，手里的咖啡杯攥得比之前更用力些。

　　"所以，你之前是什么事？"Ella不太明白老杨列举的那些事，到底是什么事。

"唉，就是一些失败的经历啦。"老杨赶紧让这个话题结束。

"你说得有些道理，可今天是我们第一次见面啊，还是太快了吧。"Ella有些不自觉地咬住嘴唇。

"嗯，确实是。可能我最近状态太糟糕，所以行为有些失常。"老杨心里在暗骂自己，你这是在干吗啊？

"其实，也没关系，我觉得，现在手上的项目更重要，对吧？"Ella小心试探着说。

"嗯嗯，对，项目更重要。"老杨傻傻地笑了。

"所以这个问题……"Ella准备从包里抽出笔记本电脑。

"嗯嗯，听你的，我配合着来就好。"老杨笑了笑。

老杨好像突然明白了一个道理，如果两个人在一起只是寻开心的话，那可能让你开心的并不是因为陪在身边的这个人，而是这件事本身就让人开心。其实真正会让你感到开心的，应该是两个人一起做一些原本不会开心的事，但过程中两个人都变得很开心。那就说明，你遇到的人，是对的。

"老杨，我觉得你从业爱情学这么多年，终于说了句人话。"岱丰举起酒杯，示意大家共同举杯。

"菁菁，管管你这口子，让他嘴干净点。"老杨笑着对菁菁说。

"不好意思不好意思，今天家里马桶刷坏了，只能倒拎着他刷了刷马桶，可能嘴里会有屎，见笑了见笑了。"菁菁对老杨赔着不是。

"哈哈哈，岱丰我儿，可算有个能制住你的人了！"老杨那个样子，看起来都要笑死了。

"喊，老杨，我劝你别幸灾乐祸，你那个什么爱，爱什么来着。"岱丰有些想不起名字了。

"Ella。"菁菁在一旁没好气地说。

"对对对，那个爱辣。你瞧这名儿，爱辣！肯定是个脾气火辣的人！今天嫂子虽然没来啊，但我已感受到了她火辣的气息。"岱丰肯定不会饶了老杨。

"先别哈，我俩还没定呢，先搞完这个项目，等钱赚到手了再说。"老杨一饮而尽，拿起酒瓶给自己满上。

"不是，你俩要是在一起了能行吗？一个甲方一个乙方，被发现了不得告你俩私吞财产？"岱丰觉得有点不靠谱。

"告什么告。"老杨抹了抹嘴上的啤酒沫，"等手头上这个项目结束，她就离职了，和我一块干工作室。她手上资源多，不愁没活儿。"

"行啊老杨，这跟人刚认识没几天，就把姑娘给忽悠瘸了。"岱丰端起酒杯跟老杨碰了一下。

"怎么说话呢，谁忽悠了，这，就叫，爱。我给你说，我那天可猛了，见第一面，直接告白！猛不猛，猛不猛？"老杨喝完酒，跟小孩炫耀玩具似的，目光在岱丰和菁菁两个人脸上来回扫视。

"你这猛个蛋，我告诉你，我跟菁菁第一天见面就——"岱丰刚要反驳，被菁菁用手把嘴给捂上了。

"就什么，你说啊。"老杨一脸坏笑地看着岱丰。

"别听他胡说，嘴跟屁股似的，不把门。"菁菁白了岱丰一眼。

"对了，百灵今天怎么没来？"老杨好像睡醒了似的，酒快喝一半了才发现人没齐。

"她啊，忙着呢。"岱丰笑着说，"不是跟伍元一块开了个酒吧么，快要营业了，两人天天都得在那儿盯着装修。现在装修工人滑得很，你稍微盯松点，就能给你整出幺蛾子。"

"喔喔，这样。"老杨点了点头，"你俩准备什么时候把正事办了？"

　　"等你呗，反正也不着急，你什么时候定日子了，咱一块儿。"岱丰看着菁菁说。

　　"谁要跟你结婚了。"菁菁用手托着下巴，不用正眼瞧岱丰。

　　"我啊，本世纪最英俊帅气的绅士美男。"岱丰含情脉脉地看着菁菁。

　　"行了行了，别恶心人了。"老杨正说着，发现手机来电话了，显示是Ella打来的。

　　"老杨，在哪儿呢？"

　　"还和岱丰他们喝酒呢，你忙完啦？"

　　"忙完了啊，在哪儿呢，我过去。"

　　"嫂子，快来吧！我和你弟妹都想见你！"岱丰冲着老杨手机大喊。

　　"哈哈，好的好的，我这就过去，你让老杨把定位发我。"

　　"行了，我给你发定位，你路上注意安全。"老杨嘱咐完，电话那边也挂了。

　　"这应该是头一遭家庭聚餐吧。"岱丰夹了一筷子菜放在盘子里。

　　"可不是嘛，大姑娘进城头一遭。"老杨还在独饮啤酒。

"可真快啊，是吧。好像所有事都在昨天一样。"岱丰感叹道。

"是啊，好像所有事都发生在昨天。就把所有事都留给昨天吧，哈哈，幸福的明天是我们的!"老杨举起酒杯，"让那些二货都滚蛋吧，不得好死的人注定与幸福无缘!"

"老杨你说得太棒了!"岱丰和老杨大力碰了一杯。

菁菁笑着靠在椅子上，看着这两个男人像孩子一样。

其实幸福也很简单，每天生活能像现在这样就够了。菁菁想着想着，就不自觉笑了。

"真好啊。"秦月听完后，靠在椅子上，感慨万千。

"是吧，谁会想到他们这么快就与幸福击掌了呢。"程一也有些感慨。

"你也没有想到？我不信。"秦月可不相信眼前这个男人的鬼话。

"真没有。但这也说明爱情是不可预测的啊，你看，岱丰和老杨都精心准备了很久的感情，一个还没开始就衰败了，一个是很糟糕的结局。反而，这很迅速确立的关系却发展稳定，变得坚不可摧。"

"你的意思是说，一见钟情比日久生情更可信吗?"秦月歪着脑袋看向程一。

"你这是什么理解能力，我可没这么说。我的意思就是，不要试图去解读任何一段感情，其实我们都不明白。但有些事情就是不需要太明白，幸福会眷顾每一个虔诚的人，只要仍旧去相信爱情就好啦。"程一关掉电脑，准备结束今天的加班工作。

"那你相信吗？"秦月注视着程一。

"相信啊，我当然相信。"程一看向秦月，发现她在看着自己时，又把视线挪向别处，"难道你不相信吗？"

"我啊，也信吧。嗯，也相信！"秦月边说边握拳给自己打气，"现在你和岱丰、老杨他们还有联系吗，我好想认识他们喔，觉得特别有意思。"

"当然啊，他们今晚就约我吃饭来着。"程一收拾着桌面。

"啊，真的吗！带上我带上我！"秦月突然来了精神，像发了疯一样。

"喊，你求我。求得真诚，我就考虑。"程一露出了奸诈的笑容。

"求求你了，我的好大哥，带我去好不好，好不好，好不好。"秦月疯狂摇晃着程一的胳膊。

"得得得，带你去，带你去，别晃了我的姑奶奶，你给我晃折了。"程一揉着自己的胳膊，痛不欲生。

"哈哈，太好了!"秦月开心地从椅子上跳了起来，"我去收拾东西，马上就回来!"

"你不回来最好。"程一小声嘀咕着。

"你打算怎么给他们介绍我啊?"秦月坐在副驾上，扭头问程一。

"还能怎么介绍啊，同事朋友啊。"程一对这个问题有些匪夷所思。

"那他们会不会对我生疏?"

"不会啦，他们才不是那样的人。"程一苦笑着说。

"岱丰是不是长得特别帅?"

"是很帅啦，这点没得说。"

"哈哈，要见到帅哥了好激动! 他们不会灌我酒吧?"

"不会啦，人家平白无故地干吗灌你酒?"

"程一，你说你这么棒一个情感主播，怎么会想起来做程序员喔?"

"你怎么这么多问题，你也太烦了吧。"

好自为之

程一驾驶着汽车，驶出公司大门。夜色将至，路灯的灯光渐渐明亮起来，些许雾气萦绕在路面上，被一辆辆飞驰而过的汽车穿透。

它们都在穿过被模糊了的回忆，驶向通往幸福的彼岸。